I0619411

Mi Fai Impazzire

e altri racconti

Stefania Hartley

Copyright © 2023 Stefania Hartley

DISPONIBILE ANCHE IN VERSIONE DIGITALE E IN VERSIONE CARTACEA A
CARATTERI GRANDI

ISBN: 978-1-914606-27-4

Questa è un'opera di fantasia. Nomi, personaggi ed eventi sono
esclusivamente frutto dell'immaginazione dell'autore.

Copertina di Joseph Witchall

A papà. (1945—2022)

Indice

1. Il regalo migliore

Tanino e Melina avevano soltanto una figlia, e quell'unica figlia che avevano aveva dato loro solo una nipotina. Non c'è da sorprendersi, allora, che la bambina fosse la pupilla dei loro occhi.

L'unico problema era che Tanino e Melina non condividevano facilmente neppure un paio di occhiali, figuriamoci la pupilla degli occhi!

"Cosa hai regalato a Valentina per il suo compleanno?" Tanino chiese a Melina con finta nonchalance, arrotolando gli spaghetti sulla forchetta.

L'anno scorso Melina gli aveva detto che aveva comprato una Barbie. Poi Tanino scoprì che non si trattava di una Barbie qualsiasi: questa era dotata di un'intera casa, con stalle e cavalli.

"Alcune cosette per il cucito," rispose

Melina, anche lei con finta nonchalance. Si alzò dal tavolo, apparentemente per prendere la brocca dell'acqua, ma più probabilmente solo per evitare il suo sguardo.

Tanino ricordò che Melina aveva regalato a Valentina un kit da cucito quando lei aveva quattro anni, quindi sospettò che "alcune cosette per il cucito" significavano almeno una macchina da cucire.

"Tu le hai già preso qualcosa?" chiese Melina.

"Non ancora. Ci sto ancora pensando".

Ma Tanino aveva fatto molto più che pensare: aveva comprato una bicicletta. Aveva incaricato il negoziante di mantenere il segreto e aveva nascosto l'acquisto a casa del fratello.

Era una bellissima bicicletta bianca con nappe rosa, un cestino rosa e uno schienale rosa staccabile. Anche se Melina avesse comprato una macchina da cucire con tutti gli accessori, la sua bicicletta sarebbe stata di sicuro un successone.

***

Come ogni anno, per il compleanno di Valentina Melina servì un pranzo luculliano.

Completava il pasto una torta al cioccolato con candeline scintillanti, ma per Melina il meglio doveva ancora venire: il suo regalo di compleanno.

Settimane prima, la cognata aveva informato Melina che un pacco a forma di bicicletta era arrivato a casa sua. Melina aveva immediatamente scambiato la semplice macchina da cucire che aveva comprato con un pacco contenente una macchina da cucire con mille funzioni, gli accessori per il ricamo e l'attacco di perline, e una macchina per la maglia, tutto a marchio Barbie. La bicicletta di Tanino non avrebbe fatto un graffio al regalo di Melina!

Valentina era seduta educatamente sul divano come una principessa, in attesa della cerimonia di consegna dei regali.

Melina si precipitò in camera da letto e tirò fuori l'enorme scatola. Quando Melina apparve sulla soglia con il pacco incartato di rosa, Valentina saltò in piedi e batté le mani. "Che cos'è, Nonna?"

"Dovrai scoprirlo".

La nipotina strappò freneticamente la carta ed esaminò il contenuto della scatola sorridendo. "Nonna!" esclamò, correndo tra le braccia di Melina.

"Devi insegnarle a usarle, mamma, perché io non sono capace", disse Rosanna.

"Certo che lo farò", rispose Melina, pregustando il piacere di passare ore e ore a insegnare a Valentina tutti i suoi trucchi di cucito e di lavoro a maglia.

"Non abbiamo spazio nel nostro appartamento. Fra un po' le persone dovranno andarsene per fare spazio ai giocattoli", commentò seccamente il padre di Valentina.

"Nessun problema, li terremo qui". Melina indicò un tavolo che aveva preparato a tale scopo. Tutto stava andando proprio come aveva sperato.

"Suppongo che ora sia meglio che vada a prendere il mio regalo", disse Tanino.

Ma Valentina non lo sentì neppure, presa com'era dal regalo di Melina.

***

Tanino aveva sempre desiderato che suo fratello abitasse più vicino, ma oggi desiderava che vivesse più lontano. Tanino non aveva nessuna voglia di tornare a casa con la bicicletta solo per vedere Valentina darle un'occhiata superficiale e tornare alle macchine di Melina - non una, ma due!

Quando finalmente tornò a casa e aprì la porta, Valentina si precipitò da lui e lo tirò per mano.

"Abbiamo bisogno del tuo aiuto, Nonno, perché…" La bambina non riuscì a finire la frase: aveva visto il pacco e le brillavano gli occhi. C'era ancora una possibilità che il suo regalo non venisse surclassato interamente da quello di Melina. "Una bicicletta! Con un cestino per le bambole!"

Valentina balzò in sella e iniziò a fare un giro sul pianerottolo.

"Attenta alle scale!" Rosanna le raccomandò.

Improvvisamente, una delle nappe si impigliò nel rubinetto della manichetta antincendio del pianerottolo, strappandosi.

"Oh, no, si è rotta!" Valentina esclamò, corrucciandosi.

"Non preoccuparti, puoi ripararla con la tua macchina da cucire," Tanino la consolò.

Ma a queste parole, Valentina scoppiò in lacrime.

Tanino apprese che, dopo che se n'era andato a ritirare la bicicletta, erano sorti dei problemi con la macchina da cucire. Il filo si era aggrovigliato nella bobina e una molla si era staccata dal manico rotante. Tutti gli adulti si erano affaccendati per aggiustare la macchina da cucire e Valentina era rimasta sola sul divano. In quel momento, Tanino era arrivato con la bicicletta.

"Che ne dici: se io cucio la nappa, tu aggiusti la macchina da cucire?" Melina offrì.

"Certo," rispose Tanino.

Prese la cassetta degli attrezzi e svitò l'involucro della macchina da cucire. Davanti agli occhi affascinati e apprensivi di Valentina, reinserì la molla e rimosse il filo ingarbugliato che aveva causato l'incidente.

Nel frattempo, Melina prese la sua antica scatola del cucito e ricucì la nappa sulla bicicletta.

***

Quella sera, prima di addormentarsi, Melina diede un bacio a Tanino. "Sei un ottimo nonno," gli disse.

"E tu sei una nonna eccellente. Valentina ti adora."

"Adora anche te."

"Allora va bene."

Sorrisero, poi Melina disse:

"Ho un'idea. Per il prossimo compleanno, le

compriamo qualcosa insieme?"

2. Una piccola tentazione

Erano dieci anni che Tanino non indossava i pantaloni dell'abito a giacca, e si vedeva. Abbottonarli senza trattenere a lungo il fiato era impossibile.

Pazienza. Sua moglie era sicuramente in grado di sistemarli con ago e filo.

Ma Melina esaminò l'indumento e scosse la testa. "Ho già spostato questo bottone una volta. Non può andare oltre."

"Potrei lasciare il bottone aperto e tenere i pantaloni su con una cintura," suggerì Tanino.

"La cerniera potrebbe aprirsi quando ti siedi."

Non era un rischio che voleva correre in chiesa, al matrimonio di suo nipote. "Allora comprerò un abito nuovo," annunciò.

Melina lo guardò intensamente da sopra gli occhiali. "Oppure potresti perdere un po' di pancia".

Perdere un po' di peso in eccesso aveva senso, ma Tanino non sapeva da dove cominciare. Gli abbonamenti alle palestre e i piani dietetici non erano cose per uomini settantenni come lui.

Ci pensò su. Perdere un po' di peso sicuramente non richiedeva la laurea in medicina. Il trucco doveva essere mangiare meno.

**

Melina era andata a piedi fino al mercato più lontano di Palermo per comprare le panelle migliori. Le aveva comprate crude per poterle friggere a casa e servirle a Tanino calde e croccanti. Ne sarebbe andato pazzo.

Ma quando Tanino le vide sul tavolo da pranzo, sembrò dispiaciuto.

Mangiò una sola panella prima di dichiarare di essere sazio.

"Non stai bene?" gli chiese Melina.

"Sto benissimo," la rassicurò lui.

Ma Melina ci rimase male. Forse Tanino non si fidava del cibo acquistato e preferiva i piatti preparati interamente in casa. Melina decise che avrebbe cucinato la pasta preferita di Tanino.

Per tutto il pomeriggio Melina infilò menta e aglio nel tonno con le dita, poi preparò una salsa con pomodoro fresco e vino. Quella sera, quando Melina servì la pasta col tonno, Tanino guardò il suo piatto con apprensione.

"Me ne hai dato troppo," disse lui.

"Lascia quello che non vuoi," rispose lei, cercando di nascondere la stizza.

Tanino mangiò un paio di bocconi, poi si pulì la bocca sul tovagliolo. "Grazie. Ho finito."

"Così poco? Se avessi saputo che avresti mangiato come un passero, non ti avrei riempito tanto il piatto! Che spreco!"

Melina si alzò e sbatté il tovagliolo sul tavolo. "So qual è il problema: hai mangiato al bar con i tuoi amici!"

"Nient'affatto," protestò lui.

Ma Melina non gli credette. Se Tanino si voleva rovinare l'appetito al bar, lei avrebbe cucinato delizie ancora più appetitose di Carmelo, il proprietario del bar.

***

Tanino si fermò davanti alla vetrina del bar di Carmelo. Adesso che non poteva più mangiare tutto quello che voleva, si accorgeva che molte occasioni sociali ruotavano intorno al cibo. Incontrare gli amici al bar senza ordinare nulla di dolce era impossibile per lui: gli mancava la forza di volontà.

Adesso che era quasi la Festa dei Morti, il bar di Carmelo traboccava di frutti di martorana. Erano così realistici che sembravano fragole, bulbi d'aglio e castagne vere. Purtroppo, però, si trattava sempre di marzapane, quindi per lui erano proibiti.

Tanino guardò un'ultima volta la vetrina tentatrice, poi si allontanò. Non si sarebbe più incontrato con gli amici al bar di Lello finché non fosse riuscito a infilarsi i pantaloni dell'abito.

Ora le mattine erano insopportabilmente lunghe, soprattutto perché non poteva trascorrerle a casa. Se Melina fosse stata in casa, avrebbe fatto domande. Altrimenti, la scatola di biscotti lo avrebbe interrogato al suo posto.

Così Tanino trascorreva le mattinate passeggiando senza meta nella zona pedonale del centro, osservando il viavai dei negozi e cercando di non notare le pasticcerie, le gelaterie e i bar.

In questo periodo dell'anno, anche le

bancarelle erano cariche di bambole di zucchero e dolciumi glassati al miele: tutti i doni che gli antenati portavano ai bambini in occasione della Festa dei Morti.

Una mattina, la vetrina di una farmacia attirò la sua attenzione. Lattine ricoperte di immagini di fragole mature, riccioli di cioccolato e baccelli di vaniglia erano impilate a piramide nella vetrina. Un poster pubblicitario con una bella signora prometteva:

Non c'è bisogno di digiunare, sudare o rinunciare a niente:

con i nostri frullati, la perdita di peso è permanente!

Un attimo dopo, Tanino usciva dal negozio con un sacchetto di frullati in polvere al cioccolato, alla fragola e alla vaniglia.

Si affrettò a tornare a casa prima che Melina tornasse e provò subito il frullato alla fragola. Era delizioso e saziante. Con questo, se anche non avesse toccato una briciola del cibo altamente calorico di Melina, non sarebbe morto di fame.

***

"Sei sicuro di stare bene?". Melina chiese al marito quando questo passò davanti al piatto di ciliegie e fragole di marzapane che lei aveva preparato per lui, senza toccarlo.

"Benissimo," disse lui, e si sedette sulla sedia senza degnare di uno sguardo le delizie di marzapane.

Quella notte, prima di addormentarsi, Melina pensò a lungo a come avrebbe potuto battere Carmelo.

Era quasi mattina quando le venne un'idea. Carmelo non avrebbe mai comprato ingredienti fuori stagione a un prezzo elevato, perché non sarebbe riuscito a recuperare il costo.

Così, il giorno dopo, Melina comprò una grossa anguria importata dal Sudafrica, la portò a casa e la spremette per fare il gelo di melone. Tanino amava questo dolce siciliano estivo, e non l'avrebbe mai trovato da Carmelo in questo periodo dell'anno.

Ma quella sera Tanino assaggiò solo un boccone di gelo di melone e si dichiarò pieno. Melina avrebbe urlato per la frustrazione. Perché suo marito non apprezzava la sua cucina? Le sue gocce di cioccolato erano troppo vecchie? La cannella in polvere era stantia?

Il giorno dopo, Melina svuotò la dispensa.

Tirò fuori tutto, controllò le date di scadenza e sottopose tutto alla prova dell'olfatto.

In fondo a uno degli armadietti, trovò alcune lattine senza etichetta. Le aprì e le annusò. Avevano un odore delizioso, ma non riusciva a ricordare cosa fossero. In realtà, non ricordava nemmeno di averle comprate. Era pericoloso tenere in cucina alimenti non etichettati, così anche le lattine finirono nell'immondizia.

***

Tanino aveva degli orari speciali per i suoi pasti segreti. Beveva i suoi frullati in tarda mattinata, quando Melina era fuori casa, in modo da essere sazio all'ora di pranzo e potersi trattenere.

Lei cucinava piatti sempre più deliziosi, mettendo a dura prova la forza di volontà di Tanino. Gli ci era voluto uno sforzo sovrumano per smettere di mangiare la sua gelatina di anguria dopo una sola cucchiaiata. Aveva quasi ceduto e stava per dirle che era a dieta, pregandola di astenersi dal cucinare piatti così appetitosi, ma si era fermato appena in tempo. Cos'avrebbe fatto se lei non avesse preso sul serio la sua dieta o avesse cercato di dissuaderlo? Non voleva rischiare.

Ma quando la novità dei frullati si affievolì, Tanino cominciò a fare fatica a mangiarli. Il piacere del cibo non era solo nel sapore e nell'odore. Anche la consistenza giocava un ruolo importante, e lui era stanco di non avere nulla di solido da mettere sotto i denti.

Così quando una mattina, rovistando nella credenza della cucina, trovò un sacchetto di zucchero a velo e un barattolo di miele al posto delle sue polveri dimagranti, esultò per la gioia. Niente più frullati!

Ma adesso doveva escogitare un altro modo per ridurre la sua circonferenza.

***

Tanino sonnecchiava davanti alla TV, quando una pubblicità attirò la sua attenzione.

Una tuta dimagrante prometteva risultati in due settimane. Se perdere peso poteva essere semplice come indossare una calzamaglia di plastica sotto i vestiti, valeva la pena di provare. Tanino digitò subito il numero telefonico e procedette all'acquisto

Il giorno dopo arrivò un pacco incartato in modo discreto. Tanino aspettò che Melina fosse uscita prima di aprirlo.

La tuta delle meraviglie puzzava di plastica e faceva rumore a ogni passo che Tanino faceva. Nello spot pubblicitario non avevano menzionato che la gente per la strada ne avrebbe sentirne il rumore e l'odore!

Ma il foglio di istruzioni sosteneva che la tuta massaggiava i muscoli, rianimava la pelle morta e creava un calore localizzato che scioglieva il grasso. Tanino era curioso di scoprire se tutto ciò fosse vero.

Ma dopo avere indossato quella tuta appiccicosa per un giorno intero, concluse che il "calore localizzato" non scioglieva solo il grasso sotto la pelle, ma l'intera persona.

Decise di dare alla tuta dei miracoli un'altra possibilità e la indossò per un altro giorno. Quella sera, sul suo comodino trovò un deodorante da uomo antitraspirante extraforte. Capì l'antifona e mise la tuta di plastica nel posto che le spettava: il cestino della spazzatura.

***

Tanino si infilò nei pantaloni dell'abito e trattenne il respiro, non per l'ansia ma nel tentativo di mantenere il suo corpo al loro interno.

Aveva fatto dei progressi: ora poteva

abbottonare i pantaloni. Ma la vita non era affatto comoda. Sarebbe stato folle indossare dei pantaloni così stretti a un pranzo di nozze. Con un sospiro, Tanino si rassegnò a comprare un nuovo abito a giacca.

Proprio in quel momento, Melina irruppe nella stanza. "C'è tuo fratello al telefono."

Melina ancora trattava le telefonate come le cose urgenti e costose che erano state in passato. Tanino prese la cornetta con l'entusiasmo e la velocità di un bradipo. Ora che aveva preso la decisione di comprare un nuovo abito, una nuvola grigia di tristezza lo aveva avvolto.

"Pronto?"

"Ciao, Tanino. Non sembri contento," disse Ciccio.

"Non riesco a entrare più nel mio abito a giacca. Dovrò comprarne uno nuovo per il matrimonio."

"Non fare nulla del genere! Resta lì che sto arrivando," disse il fratello e chiuse la telefonata prima che Tanino potesse dire un'altra parola.

***

Poco dopo, Ciccio bussò alla porta del loro appartamento.

"Questo è il vestito che avrei indossato al matrimonio di Federico. Mi veniva perfettamente quando l'ho comprato, due mesi fa. Ma con tutto lo stress dei preparativi per il matrimonio, sono dimagrito e ora è troppo largo. Forse a te verrà bene." Ciccio estrasse dalla borsa un bellissimo abito a giacca, molto elegante.

Tanino lo provò e non poteva credere ai suoi occhi quando vide che gli veniva perfettamente. Anche Ciccio non poteva credere alla sua buona sorte: l'abito a giacca di Tanino gli veniva perfettamente e gli stava persino meglio dell'altro.

Quando Melina li vide, studiò il marito e aggrottò le sopracciglia. "Sei dimagrito?"

"Non abbastanza per entrare nel mio vecchio vestito. Dio solo sa quanto ho provato!"

Melina inarcò le sopracciglia. "Ci hai provato?"

"Sì, ma non ne parliamo."

Melina batté le mani per la gioia. "Come ho fatto a non pensarci? Che sciocca, pensavo che non ti piacesse la mia cucina!" Si precipitò in cucina e subito si udirono rumori di pentole e padelle.

"Che succede?" Ciccio chiese a Tanino.

"Non ne sono sicuro, ma credo che faresti bene a rimanere per cena."

3. Ogni scarafaggio è bello per la sua mamma

Melina stava sfogliando la sua rivista preferita quando le cadde lo sguardo su un articolo. E vi rimase. La foto mostruosamente ingrandita di uno scarafaggio la fissava, facendole venire i brividi lungo la schiena.

Odiava gli scarafaggi più di ogni altra cosa al mondo. Risalivano il sistema fognario e, portando con sé germi di ogni tipo, entravano nelle case della gente e si moltiplicavano senza permesso. Detestava le loro lunghe antenne roteanti, sempre in movimento, e la loro velocità la terrorizzava. Era convinta di non potere correre più veloce di loro. Il fatto che potessero anche volare, e chissà anche impigliarsi nei suoi capelli, era roba da incubo.

Infine, non sopportava lo scricchiolio che facevano quando li schiacciavi con una ciabatta — non che l'avesse mai fatto: non era abbastanza coraggiosa da avvicinarsi tanto.

Come prevenire un'infestazione di scarafaggi? diceva il titolo dell'articolo. Melina continuò a leggere voracemente. *Gli scarafaggi sono difficili da eliminare una volta che hanno iniziato a riprodursi. Se vedete i loro piccoli, è già troppo tardi.*

Un brivido percorse la schiena di Melina.

Gli scarafaggi odiano la luce ed escono solo al buio. Potreste avere un'infestazione senza accorgervene. Per scoprirlo, sorprendeteli accendendo improvvisamente la luce in una stanza buia.

Melina sgattaiolò in bagno, abbassò l'avvolgibile di plastica fino a chiudere anche i piccoli fori delle lamelle, e chiuse la porta. Sarebbe tornata più tardi per la sua imboscata.

Gli scarafaggi escono in estate, per cui è buona norma rendere la casa a prova di scarafaggio in questo periodo dell'anno e, in ogni caso, sempre prima della stagione calda.

Dove era stata stampata questa rivista? Roma. Oh, no! Palermo era più calda di Roma, e il caldo era arrivato già da un po'! Era troppo tardi?

Coprite i fori di troppopieno di lavandini e lavabi in modo che i parassiti non possano uscire. Tappate i fori di scarico dei lavandini quando non li utilizzate.

Melina si affrettò a tappare ogni buco e sfiato dell'appartamento, compreso l'estrattore della cucina.

Se avete scarafaggi, potete provare questo rimedio: mescolate teste di fiammifero polverizzate, farina e acqua e spalmate questa crema su delle foglie di lattuga, di cui gli scarafaggi vanno ghiotti. Il fosforo contenuto nelle teste di fiammifero li ucciderà...

Melina si precipitò a prendere fiammiferi, farina e acqua e lavorò meticolosamente alla sua pozione, poi depose le foglie di lattuga negli angoli bui di ogni stanza. Ma l'articolo continuava: *Ma se in casa ci sono bambini o animali domestici, sostituite questa crema con una versione più sicura a base di gesso, zucchero e acqua.*

Oh, no, avevano un cane! Da un momento all'altro suo marito sarebbe tornato dopo averlo portato a spasso. Doveva recuperare tutte le foglie di lattuga!

Nel panico, non riusciva nemmeno a ricordare dove le avesse posate.

***

"Sono a casa!" Tanino chiamò dalla porta, mentre Bello gli trotterellava dietro.

"Resta dove sei!" gridò sua moglie dal profondo dell'appartamento. La sua voce sembrava ovattata, il che rese Tanino disperatamente curioso di scoprire cosa stesse facendo, così fece esattamente il contrario di rimanere dov'era.

"Cosa fai con la testa sotto il letto?"

"Ah!" Melina sobbalzò per la sorpresa e sbatté la testa. "Ti avevo detto di stare lontano!"

Melina emerse lentamente con i capelli scompigliati e il volto arrossato. Nella mano destra aveva una foglia di lattuga ricoperta di... ricotta?

"Sei a dieta?" chiese Tanino incautamente.

"Stai suggerendo che dovrei farlo?" Aveva lo sguardo infuocato.

"No, no. È solo che... non capisco cosa stia succedendo."

Indecisione le passò sul viso. Melina raddrizzò la schiena, si tirò su a sedere sul letto e si massaggiò le ginocchia. "È ora di pranzo," disse. Qualunque cosa avesse fatto, aveva deciso di non dirglielo.

Aveva perso qualcosa di suo sotto il letto e si vergognava di ammetterlo? Ma che legame c'era tra la lattuga e la ricotta? Tanino andò a lavarsi le mani in bagno. Del nastro adesivo era steso sul foro del troppopieno. Aha. La lotta annuale di Melina contro gli scarafaggi era iniziata.

**

Il problema di come gestire gli scarafaggi in casa era sempre stato un punto di disaccordo tra loro due.

Tanino non apprezzava gli scarafaggi più di quanto non facesse sua moglie, ma affrontava la questione con il fatalismo per cui i siciliani sono famosi.

Secondo lui, la maggior parte dei problemi non aveva una soluzione, e cercare di trovarne una era una perdita di tempo e di energie. Il suo atteggiamento era "vivi e lascia vivere". Il giorno in cui gli scarafaggi gli avrebbero impedito di godersi la vita, avrebbe chiamato gli addetti alla disinfestazione.

Purtroppo, però, in questo caso non erano gli scarafaggi a ostacolare il suo godimento della vita, ma sua moglie.

"Hai lasciato il lavandino stappato!" lo assillava ogni volta che lui dimenticava di rimettere il tappo nel lavandino dopo essersi lavato le mani.

Con tutti gli sfioratori chiusi con il nastro adesivo, era più preoccupato di dimenticare di chiudere il rubinetto del lavandino e allagare il bagno.

Una notte, mentre usava il bagno a luce spenta per non svegliarla, era stato sorpreso da lei che improvvisamente aveva acceso la luce, brandendo una rivista arrotolata come un manganello.

"Non abbiamo scarafaggi, Melina," aveva cercato di rassicurarla.

"Aspettano sotto i tappi il momento in cui abbasseremo la guardia."

L'ossessione di lei era finita col trasmettersi anche a lui e, una notte, aveva sognato di essersi svegliato e di essersi trasformato in uno scarafaggio. Si preoccupò molto per un sogno così stravagante, finché non si ricordò che aveva letto la stessa storia in un libro di un famoso romanziere — Kafka? —quando era uno scolaro.

**

"Aiuto, Tanino!" gridò Melina dal bagno.

Tanino si alzò di scatto dalla poltrona, facendo volare le parole crociate e la penna. Melina era scivolata nella vasca da bagno? Era stata fulminata? Quando raggiunse la porta del bagno era pronto al peggio, ma non a quello che trovò.

Melina si era arrampicata sul bidet e fissava impietrita tre piccoli scarafaggi sul pavimento piastrellato.

"Uccidili!" lo esortò.

Era come una damigella angosciata sulla torre di un castello assediato circondata dagli assalitori. Tanino doveva essere il suo coraggioso cavalier servente?

Ma era disarmato e, cosa ancora più importante, non si sentiva affatto coraggioso. Gli scarafaggi lo disgustavano e non sopportava il rumore che facevano quando venivano schiacciati. Così, chiudeva volentieri la porta ed evitava di andare in bagno finché non se ne fossero andati.

Ma Melina esigeva un intervento decisivo.

Tanino andò in cucina e cercò nel mobile sotto il lavello la sua arma di fiducia: lo spray insetticida. La bomboletta sarebbe stata la sua spada, mentre il grembiule di Melina sarebbe stato il suo scudo.

"Presto, Tanino, presto!" Melina gridò dal bagno, ancora appollaiata sul bidet.

"Cara, scendi o rischi di rompere la ceramica o, peggio, di cadere," la esortò lui.

"Non posso: gli scarafaggi mi bloccano la strada," piagnucolò lei.

Tanino scosse la testa e poi la bombola di insetticida.

"Aspetta! Non lo userai, vero? Sono troppo vicina e soffro d'asma."

Come aveva fatto a non pensarci? Tornò in cucina e scambiò l'insetticida con la scopa—obiettivamente, era una spada molto migliore—poi tornò a salvare la sua dama.

"Sciò, sciò," disse, spingendo i piccoli scarafaggi verso un angolo della stanza.

"Cosa stai facendo?" chiese lei.

"Li sto spingendo più in là così puoi scendere da lì."

"Non devi solo spingerli, devi ucciderli! Scivoleranno tra le setole della scopa! Usa la ciabatta, per l'amor del cielo!"

Era proprio quello che non voleva fare. Per schiacciarli con la sua ciabatta, avrebbe dovuto avvicinarsi a loro più di quanto non gli piacesse, e li avrebbe sentiti scricchiolare.

Ma come poteva ammetterlo a sua moglie, se gli uomini non dovevano avere paura di cose insignificanti come un paio di coleotteri? "È troppo crudele ucciderli, Melina. Sono solo neonati."

"Ma disgustosi."

"Non agli occhi della loro madre. 'Ogni scarrafone è bello a mamma soja', dice il proverbio napoletano".

Il volto di Melina si addolcì mentre sentimenti contrastanti si agitavano dentro di lei, e infine si tramutò in un'espressione di totale desolazione. Tanino non poteva sopportare di vederla in quello stato. Buttò a terra la scopa e, vincendo il disgusto per i coleotteri, entrò nel bagno.

Gli scarafaggi si allontanarono dai suoi piedi e si nascosero dietro il water.

"La via è libera," disse a Melina, tendendole la mano.

Lei la prese e scese dalla sua torre.

"Dove sono andati?" chiese.

"Mi occuperò di loro dopo averti portata al sicuro," disse galantemente.

La accompagnò in cucina, la fece sedere e le versò un bicchiere d'acqua. Quando riprese colore, le chiese: "Posso lasciarti da sola per un po' mentre mi occupo delle creature?"

Melina gli prese la mano e sussurrò: "Ti ammiro per la tua generosità anche nei confronti di creature così disgustose. Non devi ucciderle se non vuoi. Puoi semplicemente rispedirle da dove sono venute."

Lo sguardo di ammirazione nei suoi occhi era sufficiente a sciogliere il cuore di Tanino. Non poteva usare lo spray insetticida ora che Melina lo stimava così tanto. Tornò in bagno sperando ardentemente che le bestioline se ne fossero andate.

Ma erano ancora lì. Tanino fece un respiro profondo, si inginocchiò sul pavimento e intrappolò ogni scarafaggio sotto un bicchiere rovesciato.

Poi pose il bicchiere sul foro del lavandino e, non appena gli scarafaggini furono scomparsi, lo tappò con velocità fulminea. Una cosa era certa: non avrebbe mai più dimenticato di tappare un lavandino.

**

Melina mise la sua rivista in mano alla vicina di casa. "Prendila. Ti spiega come tenere lontani gli scarafaggi."

"Grazie, Melina. Ma non ne hai bisogno?"

chiese Giovanna.

"No. Ho Tanino. È il 'sussurratore di scarafaggi'".

"Beata te!"

Quello stesso giorno, più tardi, suonò il campanello. Era Giovanna.

"Melina, indovina un po'? Ho appena trovato un'intera famiglia di scarafaggi nel mio bagno. Come vorrei aver tappato i buchi! Non è che per caso Tanino potrebbe sbarazzarmi di loro?"

"Certo," rispose Melina, piena di orgoglio. Evidentemente non tutti i mariti erano coraggiosi e capaci come il suo.

"Tanino, c'è bisogno del tuo aiuto nell'appartamento accanto," Melina annunciò, irrompendo nel salotto dove lui si stava rilassando con le parole crociate.

"Perché?"

"Giovanna ha trovato un'intera famiglia di scarafaggi nel suo bagno. Le ho detto che tu sei bravissimo con gli scarafaggi e sapevo che saresti stato felice di aiutarla."

Probabilmente era solo uno gioco della luce, ma Tanino sembrò improvvisamente molto pallido.

4. Portami in chiesa in tempo

Melina si chiedeva se la morte di "finché morte non vi separi" dovesse essere per cause naturali. Oggi, suo marito la stava spingendo nel territorio dei pensieri omicidi.

"Faremo tardi al battesimo!" gridò dietro la porta del bagno dove si era barricato.

"Non c'è problema. Non inizierà senza di noi," rispose lui.

"È proprio questo il problema!" La cerimonia non sarebbe iniziata senza il padrino e la madrina. Non c'era modo di sgattaiolare in ritardo nel retro della chiesa senza essere scoperti. Avrebbero incomodato tutti gli invitati, i genitori della bambina, il sacerdote e, per carità, la bambina!

Arrivare in ritardo avrebbe causato loro enorme imbarazzo e, se c'era qualcosa che Melina temeva più della guerra, delle pestilenze e del dentista, era proprio l'imbarazzo.

"La mia pazienza si sta esaurendo, Tanino," Melina avvertì il marito. Oggi la sua pazienza e il suo buon umore si erano già assottigliati a causa del vento caldo di Scirocco che soffiava dall'Africa. Nonostante fosse soltanto fine Maggio, faceva troppo caldo per indossare collant e scarpe chiuse. Ma gambe nude e sandali non andavano bene per l'occasione. Aveva comprato i collant più freschi che aveva trovato, 10 denari, e li aveva coraggiosamente indossati, ma stava già soffrendo.

Il telefono fisso squillò. Sembrava un allarme che li avvertisse che erano in ritardo. Melina non rispose. Anche se avesse avuto il tempo di chiacchierare, non ne aveva voglia.

Melina udì lo sciacquone e, poco dopo, Tanino uscì dal gabinetto sorridendo. "Cosa stiamo aspettando? Andiamo!" disse lui.

***

Il battesimo era in un paese a pochi chilometri da Palermo. Tanino prese l'uscita autostradale senza esitare.

"Sei sicuro di conoscere la strada?" chiese Melina.

"Assolutamente. Quand'ero ragazzo ho trascorso un'intera estate in quel villaggio."

"Con chi sei stato?"

"Con il mio amico Girolamo. Ci siamo conosciuti durante il servizio militare. Purtroppo, con gli anni ci siamo persi di vista."

Man mano che proseguivano, i cartelli e le indicazioni stradali diventavano sempre più sbiaditi e il manto stradale si deformava a causa del calore di molte estati.

"Cosa diceva quel cartello arancione?" chiese Melina.

Tanino non l'aveva letto. "Sicuramente nulla di importante."

La strada provinciale si snodava su e giù per la collina.

"Fermati!" Melina gridò mentre prendevano una curva.

Un gregge di capre stava attraversando la strada. Tanino rallentò un po', calcolando che gli animali se ne sarebbero andati prima che li avessero raggiunti.

Ma non fu così. Tanino dovette fermarsi. Il capraio sembrava lottare per mantenere il controllo degli animali che, invece di attraversare la strada, avevano deciso di scappare giù.

"Devo aiutare quel poverino," Tanino dichiarò.

***

Melina guardò incredula mentre Tanino, con le braccia spalancate, indirizzava le capre verso il capraio. A quest'ora avrebbe dovuto essere seduta in chiesa ad ascoltare l'allegro scampanio del campanile, non in macchina ad ascoltare il tintinnio delle campanelle di qualche capra ribelle.

Abbassò il finestrino e una folata di vento caldo le scompigliò i capelli. E dire che aveva fatto tanto per avere un appuntamento dal parrucchiere quella mattina! Chiuse la finestra, sopportando invece il caldo.

Quando le capre furono tutte al sicuro dall'altra parte della strada, Tanino emerse dal ciglio della strada, spolverandosi i pantaloni. Oh, no. Adesso sarebbero arrivati in chiesa tutti scombinati e trasandati!

Tanino si avvicinò al finestrino di Melina. "Mi dispiace ma dobbiamo fare l'ultimo tratto a piedi. La strada è chiusa. Me l'ha detto il capraio. Il cartello arancione doveva riferirsi a questo. Il villaggio è proprio dall'altra parte di questi campi. Arriveremo in un attimo," la rassicurò.

Con riluttanza, Melina prese la mano che le offriva e scese dall'auto.

"La strada è chiusa anche ai pedoni. Dobbiamo passare attraverso i campi," rivelò Tanino.

***

A Melina ribolliva il sangue, e non solo per il caldo.

Le sue scarpe col tacco non erano fatte per la terra polverosa e screpolata della campagna siciliana, e il suo vestito di seta non era fatto per sfiorare i cardi.

Poi ci fu il filo spinato. Tanino lo tenne abbassato con il piede, ma una delle spine si impigliò nel collant di Melina e vi fece un buco. Melina dovette mordersi la lingua per non dire parole disdicevoli.

Poi vennero le piante di agave. Passando accanto alle loro foglie appuntite, Melina fece un secondo buco nel collant.

Il terzo buco fu fatto dai cactus spinosi che crescevano come un muro. Tanino scostò alcuni dei fusti spinosi con un bastone, ma ce n'erano troppi. Il terzo buco si trovava sulla sommità del ginocchio, quindi sarebbe diventato enorme non appena Melina avesse piegato il ginocchio in chiesa.

Quando finalmente emersero dalla boscaglia, i pantaloni di Tanino erano rivestiti di semi uncinati, i capelli impomatati gli erano stati sollevati dal vento e la fronte era imperlata di sudore. Melina poteva solo immaginare che aspetto avesse lei stessa.

"Non possiamo presentarci in chiesa in questo stato."

Tanino la scrutò. "Ma sei bellissima."

Dovevano essersi fermati troppo vicini a un nido, perché due uccelli stridettero rabbiosi sopra le loro teste. Un attimo dopo, qualcosa di grigio schizzò sulla spalla di Melina!

Tanino si affrettò ad aiutarla a pulirsi.

"Questo è il meglio che posso fare senz'acqua. Il resto lo toglierò quando saremo in chiesa," disse Tanino, con il fazzoletto ormai sporco.

"Ma le persone che aspettano fuori dalla chiesa mi vedranno arrivare in questo stato."

"Ho un'idea: ricordo ancora dove vivevano i genitori di Girolamo. Se la famiglia vive ancora lì, potrebbero lasciarci usare il loro bagno," suggerì Tanino.

Se l'amico di Tanino o la sua famiglia vivevano ancora in quella casa, Melina non avrebbe potuto semplicemente usare il bagno e andarsene. Ci sarebbero stati abbracci, baci e reminiscenze che li avrebbero fatti arrivare in chiesa ancora più tardi. No, così non andava. Non potevano iniziare il loro compito di padrini arrivando in ritardo al battesimo.

Non aveva altra scelta che arrivare in chiesa così com'era, con i capelli scompigliati dal vento, i buchi nei collant e la spalla destra sporca di uccello. "No, andiamo così come siamo."

***

"Hanno iniziato senza di noi?" Tanino si domandò ad alta voce.

Le porte della chiesa erano chiuse e non c'era nessuno fuori.

"Non possono iniziare senza i padrini. Sei sicuro che questo sia il posto giusto?" chiese Melina.

"Sicurissimo."

Provarono le porte, ma erano chiuse, così bussarono al presbiterio.

Il sacerdote aprì con il tovagliolo al collo.

"Ci avevano detto che ci sarebbe stato un

battesimo in questa chiesa," disse Tanino.

"Oh, sì!" Il sacerdote sorrise. "Ma siete in anticipo. Per via della chiusura della strada il battesimo è stato rimandato a questo pomeriggio. Non vi hanno informati?"

"Il telefono ha squillato mentre stavamo uscendo ma non ho risposto," ammise Melina con imbarazzo.

Tanino controllò il suo cellulare. Aveva dimenticato di accenderlo.

Proprio in quel momento, da dietro il sacerdote si avvicinò un uomo. Si fermò e fissò Tanino.

"Tanino?" chiese l'uomo.

"Girolamo!"

Si abbracciarono, si baciarono e si diedero pacche sulle spalle.

"Cosa ci fai qui?" chiese Girolamo.

Tanino disse del battesimo.

"Ho appena finito di preparare la chiesa proprio per questo battesimo. Sono il sacrestano," disse Girolamo. "Venite a pranzare da me e mia sorella, poi torneremo a piedi insieme," l'invitò.

"Grazie," Tanino accettò con entusiasmo. "E non ti dispiace se usiamo il tuo bagno per rinfrescarci?"

***

Melina non avrebbe mai accettato di essere presentata a uno degli amici di Tanino e a sua sorella nel suo stato attuale. Non c'era fine per il suo imbarazzo?

Per tutto il tragitto fino a casa di Girolamo, i due uomini si abbandonarono ai ricordi del loro servizio militare, mentre Melina pensava a come avrebbe potuto rendersi più presentabile.

Si tolse la giacca e la piegò al rovescio in modo da nascondere la macchia. Cercò di tirarsi su i collant per nascondere alcuni buchi, ma era impossibile mentre camminava. Alla fine, si rassegnò a rimanere così com'era.

Carla si ricordava di Tanino ed era felicissima di conoscere Melina. Dopo aver preparato un pranzo delizioso, trovò un nuovo paio di collant per Melina — solo sette denari! — e un panno insaponato per pulire il vestito. Melina cominciò a pensare che forse non si sarebbe trovata in imbarazzo al battesimo.

"Potresti prestarmi una spazzola per capelli?" chiese.

Il volto dell'altra donna si illuminò. "Sì,

ma io ho un'idea migliore: qui ci vuole un cappello!"

Melina odiava i cappelli, ma Carla era già andata a prenderlo. Questo cappello era grande, rosso e con ruche. A Melina ricordava un fungo rosso velenoso, e di certo non si abbinava al suo vestito viola. Ma Carla lo mise in testa a Melina e sorrise. "Perfetto!"

Poi si precipitò in giardino e tornò con un fiore di ibisco rosso, che appuntò sulla giacca di Melina. Era un fiore grosso, sgargiante e vistoso: tutto ciò che lei non voleva. Ma poteva rifiutarlo senza compromettere l'amicizia in boccio?

"Grazie," disse Melina, lasciandoselo mettere in testa.

"Che te ne pare? Non sei bellissima?" le chiese Carla.

Melina si guardò allo specchio. Adesso non aveva più l'aspetto di una che è stata trascinata tra i cespugli, però sembrava una bambola vestita da una bambina. "Ehm... sì".

Carla chiamò Tanino. "Che ne pensi?"

"È bellissima," rispose Tanino, per la gioia di Carla, la quale non sapeva che Tanino aveva detto la stessa cosa quando Melina era appena uscita dai campi.

Melina ringraziò Carla e si avviò verso la chiesa con Tanino e Girolamo.

Tanino le strinse la mano. "Sei adorabile, come sempre," le disse con tenerezza.

A Melina si allargò il cuore. Forse non era vestita bene, però era amata, e questo era quello che contava.

**

Andare in chiesa con il sagrestano significava arrivare prima di tutti.

"Vedi, non siamo in ritardo," commentò Tanino compiaciuto.

Durante la cerimonia, la piccola Annabella cominciò a piangere. La mamma e il papà se la passarono l'un l'altro, ma non servì a nulla. Per lo stupore di tutti, Annabella smise di piangere solo quando la passarono a Melina.

Da quel momento in poi, la cerimonia si svolse senza intoppi, con Annabella che fissava affascinata la ruche del cappello di Melina e il fiore rosso vivo sulla sua giacca.

5. Sabbie mobili

Era il 7 agosto, festa di San Gaetano, il santo da cui Tanino prendeva il nome, e Tanino aveva intenzione di trascorrere il suo onomastico seduto in balcone, all'ombra della sua nuova tenda da sole, ammirando i suoi vasi di gerani e rispondendo alle telefonate di auguri.

Non riusciva a capire perché, non appena arrivavano le calde giornate di agosto, tutti lasciavano il capoluogo siciliano per andare al mare. Perché non installavano una tenda da sole sul balcone e si godevano la brezza comodamente seduti nel proprio appartamento? Niente viaggi estenuanti, niente sabbia fastidiosa, niente folla esasperata.

Stava aprendo la sedia a sdraio quando Melina fece capolino.

"Non sederti, caro. Mettiti il costume da

bagno e prepara il telo da mare. Stiamo per fare una gita," disse con un sorriso.

"Non capisco." Tanino non indossava il costume da bagno da quando la loro figlia quarantacinquenne era bambina.

"Giovanna e Luigi ci hanno invitato a trascorrere la giornata nella loro capanna alla spiaggia per festeggiare il tuo onomastico."

Tanino odiava il mare: tutta quella salsedine, il sole e la folla!

La sabbia si insinuava in ogni fessura del corpo e, con la crema solare e il sudore, ti trasformava in una cotoletta impanata.

Purtroppo, però, Melina amava la spiaggia. Tanino si era spesso chiesto perché nessuno avesse pensato di inserire la domanda "ti piace la montagna o il mare?" nei corsi di preparazione al matrimonio.

"Giovanna e Luigi sono stati molto gentili a invitarci, ma io sto benissimo a casa."

"Hai bisogno di un po' di sole, caro. Ti dà la vitamina D."

"E il cancro della pelle."

Melina sbuffò. "Non ti fa bene stare sempre chiuso in casa."

"Non sono chiuso. Sono sul balcone,

sospeso in aria."

"Giovanna e Luigi ci aspettano di sotto e"— Melina sorrise, pronta a sfoderare l'asso nella manica—"ho preparato la pasta al forno per il pranzo."

Per nulla al mondo Tanino si sarebbe perso la pasta al forno di sua moglie, così andò in camera da letto e si infilò il costume da bagno.

***

Perché Tanino doveva essere così scontroso quando lei gli aveva organizzato questa meravigliosa gita? Non conosceva nessuno così restio a sostituire le ciabatte con le pinne da bagno. Tanino era attaccato al suo appartamento come una patella.

"Perché tutto questo traffico?" brontolava, mentre si accodavano sulla strada che da Palermo portava alla spiaggia di Mondello.

"Tutti vanno in spiaggia. È il posto giusto quando fa caldo." Melina aprì il ventaglio con un movimento brusco della mano e iniziò a sventolarsi.

"Follia collettiva."

"Un po' di traffico non fa niente."

"È facile a dirsi quando non si è alla guida."

"Possiamo fare a cambio," offrì Melina,

sapendo che a nessuno dei due piaceva quando era lei a guidare.

"Un'altra volta."

Il semaforo divenne rosso poco prima che lo raggiungessero e Tanino sospirò. Se avesse continuato a essere così scontroso anche in spiaggia, Melina lo avrebbe lasciato con Luigi e sarebbe stata tutto il tempo con Giovanna.

Non poteva permettere a questo marito brontolone di rovinarle la gita.

***

Fattisi strada attraverso il traffico, finalmente arrivarono a destinazione e trovarono parcheggio. Quando incontrarono Giovanna e Luigi, Tanino era ormai madido di sudore. Con cautela, Tanino posò il piede sulla passerella rialzata che portava alle capanne in affitto: quelle assi di legno erano l'unica barriera tra lui e la sabbia sottostante. Purtroppo, la passerella si fermava ben prima della capanna di Giovanna e Luigi. Camminare sulla sabbia rovente era un supplizio.

"Quanta strada dobbiamo fare?" Tanino si lamentò.

"Camminare sulla sabbia rafforza i polpacci," rispose Melina.

I polpacci gli bruciavano già, e non solo per il sole. "La sabbia non è per caso fatta di piccole conchiglie rotte?"

"Credo di sì."

"E il vetro non si fa con la sabbia fusa?"

"Così ho sentito dire."

"Quindi stiamo camminando su vetro rotto," concluse Tanino.

Melina gli lanciò un'occhiataccia.

"Eccoci qua!" Luigi annunciò, indicando una fila di capanne identiche sulla spiaggia. Come poteva essere sicuro di quale fosse la sua?

"Lasciamo qui le nostre cose e andiamo a farci una nuotata," suggerì Giovanna.

"Tanino non sa nuotare," annunciò Melina.

"Sciocchezze!" Tanino protestò, sentendosi riscaldare le guance.

Nella lista delle cose che odiava di più, il mare era al secondo posto dopo la sabbia. La distesa d'acqua davanti a lui era una massa infida di salamoia che ti lasciava tremante, appiccicoso e dolorante quando ne uscivi. Ma se Luigi, Giovanna e Melina volevano nuotare, anche lui l'avrebbe fatto.

"Certo che so nuotare! È solo che ultimamente non l'ho fatto molto."

L'ultima volta che aveva nuotato era stata da ragazzo, ma non c'era motivo per cui non potesse nuotare ancora.

Tirarono fuori le sedie a sdraio, misero borse e vestiti nella capanna e si avviarono verso la battigia.

Camminare a piedi nudi sulla sabbia era come camminare sui carboni ardenti. Tanino saltò velocemente da un piede all'altro e, quando immerse i piedi nel mare, gli sembrò di sentire il sibilo del vapore.

"Camminando sulla sabbia si sfrega via la pelle morta dalle piante dei piedi. È una pedicure gratuita," disse Melina.

"Sembrava che mi stessero sfregando più della pelle morta dai piedi," rispose lui con ironia.

"Mi stai scocciando. Vado a raggiungere gli altri," scattò lei.

Tanino guardò gli altri tre nuotare verso il pontone. Tutto quello sforzo, e per cosa? Sale negli occhi e brividi nel corpo.

Non aveva mai capito a cosa servisse il sale nel mare. Tutti quei pesciolini ficcanaso che nuotavano intorno alle sue gambe potevano sicuramente trovare di meglio da fare che molestare i bagnanti! Beh, almeno non erano meduse. E se ci fossero meduse nell'acqua? Non aveva sentito nessuno dare l'allarme, ma doveva sempre esserci una prima vittima...

Un pallone da spiaggia rimbalzò sull'acqua e atterrò davanti a lui.

"Palla, per favore!" gridarono dei ragazzi dalla spiaggia, agitando le braccia.

Tanino allungò una mano per afferrarla, ma la palla rotolò via. Doveva acchiapparla con entrambe le mani. Fece un passo verso la palla ma l'acqua la spinse di nuovo via.

Consapevole dei ragazzi che lo guardavano dalla riva, Tanino si fece prendere dalla frenesia, il che peggiorò la situazione. Alla fine, l'acchiappò saltandoci di sopra e ricevendo un'abbondante quantità di acqua di mare in faccia.

"Presa!" esclamò trionfante. Ma dove erano finite i ragazzi? Inseguendo la palla, Tanino si era spostato lungo la riva e non riconosceva più la spiaggia. Qualcuno corse verso di lui e Tanino finalmente restituì la palla.

Ormai era fradicio, gli occhi gli bruciavano e ne aveva avuto abbastanza del mare. Melina e gli altri erano ormai così lontani che

Tanino decise di tornare alla capanna e di sedersi su una sedia a sdraio.

Ma dov'era la capanna? Dal mare, la spiaggia sembrava tutta uguale.

Tornò sulla riva e si trascinò su e giù per la battigia. Ora si ricordava perché odiava il mare quasi quanto la sabbia: il mare faceva attaccare la sabbia al corpo.

Dopo un po', finalmente trovò la capanna. Che strano: era sicuro che avessero messo fuori quattro sedie a sdraio, non due. Memoria sbadata!

Si sedette, si sdraiò e chiuse gli occhi contro il bagliore del sole. Poco dopo sentì una voce che lo salutava.

Aprì gli occhi. Davanti a lui c'era uno sconosciuto con un vassoio avvolto nella carta del panificio. A giudicare dall'odore, conteneva pizzette e rollò. Era normale in spiaggia essere salutati da sconosciuti? Non aveva idea del galateo da spiaggia. "Salve."

"Sei l'amico di Luigi?"

"Sì, sono Tanino. Piacere di conoscerti."

L'uomo gli strinse la mano. "Salvatore. Quindi oggi è il tuo onomastico."

"Sì."

"Prego, prenditi una pizzetta."

"Molto gentile. Grazie." Le cose si stavano finalmente mettendo bene per lui.

***

Melina cominciava a preoccuparsi. Tanino non era a mare e non era nemmeno alla capanna.

"Dev'essersi perso," disse Giovanna. "Capita. Ho detto alla società di gestione che dovrebbero permetterci di personalizzare le nostre cabine, ma non vogliono."

"Dividiamoci e cerchiamolo. Se non lo troviamo sulla spiaggia, cerchiamolo in acqua," suggerì Luigi.

In acqua! Melina ebbe un brivido di paura, immaginando il peggio. Non avrebbe dovuto fidarsi di Tanino quando le aveva detto che sapeva nuotare. Non avrebbe dovuto perderlo di vista.

Tutta la sua irritazione per la scontrosità del marito svanì all'istante. Chiuse gli occhi e pregò San Gaetano. "Sicuramente non vorrai un altro santo con lo stesso nome, quindi ti prego di farmi trovare Tanino vivo."

***

La pasta al forno di sua moglie era roba di altro livello, ma lei non era ancora tornata e Tanino aveva fame e non gli dispiacevano le pizzette del fornaio e la compagnia di Salvatore.

"Luigi è tornato," annunciò Salvatore.

Tanino si voltò verso il mare, dove un uomo grondante di acqua stava venendo verso di loro. Ma non era Luigi.

"Luigi, ho appena conosciuto il tuo amico Tanino," Salvatore gli disse.

Tanino e l'uomo si guardarono, perplessi.

"Ci conosciamo?" chiese l'uomo a Tanino.

Un terribile sospetto si insinuò nella mente di Tanino e una rapida occhiata attraverso la porta aperta della capanna lo confermò. Questa non era la capanna di Luigi e Giovanna.

Tanino si sentì le guance in fiamme. "Sono desolato, c'è stato un errore."

Proprio in quel momento, la voce di Melina lo raggiunse. "Tanino! Cosa stai facendo?"

Sua moglie aveva un aspetto selvaggio: capelli spettinati, guance arrossate, occhi venati di rosso. Tanino si domandò se Melina fosse in questo stato perché aveva passato troppo tempo in acqua, perché era preoccupata per lui o perché lo aveva sorpreso a mangiare le pizzette degli altri invece della sua pasta al forno.

Tanino posò sul vassoio il resto della pizzetta.

***

Melina invitò i due sconosciuti a pranzare con loro, ma quelli rifiutarono gentilmente. Tanino li ringraziò e se ne andò con Melina verso la capanna di Luigi e Giovanna.

"Pensavo che fossi annegato," Melina confessò, spazzolandogli la sabbia dal petto come se fosse la polvere di una battaglia. "Dimmi la verità: sai nuotare o no?"

"La verità è che non lo so".

"Mi dispiace averti trascinato qui nel giorno del tuo onomastico, quando non ti piace il mare. Se vuoi possiamo andarcene."

"Non prima di aver mangiato la tua pasta al forno," disse lui.

Melina sorrise, contenta che non si fosse dimenticato della sua pasta. "Va bene, ma possiamo andarcene dopo pranzo, se vuoi."

"In realtà, prima vorrei scoprire se so ancora nuotare."

"Buona idea."

***

Dopo una siesta sotto l'ombrellone per digerire la deliziosa pasta al forno di Melina, Tanino si avventurò in acqua. Questa volta

Melina rimase con lui.

"Tu distrai i pesci, Melina," le disse, e lei si mise a pestare i piedi e agitare l'acqua. Tanino non aveva idea se questo scoraggiasse i pesci, ma certamente gli rendeva impossibile vederli, il che era sufficiente.

Quando il mare gli arrivava al collo, Tanino sollevò le gambe e iniziò a scalciare. Galleggiava!

"Ce la faccio!"

"Ce la fai!"

Ogni tanto toccava il fondale sabbioso con la punta dell'alluce, per assicurarsi che fosse ancora lì. Il pontone non sembrava affatto lontano.

"Nuotiamo fino al pontone, Melina?"

"Non volevi andare a casa?"

"Sì, ma sarebbe un peccato tornarcene così presto. Voglio godermi il mio onomastico."

6. Mi fai impazzire

"Tua sorella non poteva prendere un taxi?" Tanino brontolò mentre guidava sull'autostrada.

"È un mio piacere e un mio dovere andare a prendere mia sorella che viene dalla Scozia," Melina rispose.

"Sarà anche un tuo piacere, ma non sei tu a farlo."

Melina incrociò le braccia. "È perché mia sorella ti fa antipatia."

"Non è vero. È solo che, da quando hanno messo barriere a pagamento, non sopporto parcheggiare all'aeroporto."

Le barriere erano state introdotte più di dieci anni prima. Sicuramente Tanino aveva avuto tutto il tempo di abituarsi. "Che problema c'è a pagare qualche euro?"

"È il principio. Prima il parcheggio in aeroporto era gratuito. Ricordo che la gente portava i bambini a vedere gli aerei. A quei tempi potevi parcheggiare fino alla recinzione metallica e nessuno ti faceva pagare nulla. Ora invece costa un occhio della testa. È il principio!"

Melina non era convinta del ragionamento di Tanino. Anni prima, Tanino aveva provato a parcheggiare nel parcheggio e a usare la macchinetta per il pagamento. Per un qualche motivo, il pagamento non aveva funzionato ed erano rimasti bloccati tra la barriera e una coda di auto finché un addetto al parcheggio non era venuto a salvarli. Quell'evento doveva avere traumatizzato Tanino, ma rinunciare a parcheggiare non era la soluzione.

Melina guardò con invidia le altre auto che entravano e uscivano senza problemi dal parcheggio a pagamento.

Tanino fermò l'auto subito dopo la fila dei taxi. "Puoi chiamare tua sorella e chiederle di chiamarti quando è fuori?"

"Non voglio chiamarla: potrebbe essere al controllo passaporti o alla dogana".

Disturbare Cetta non era l'unica preoccupazione di Melina. La verità era che Melina non aveva ancora acquisito abbastanza dimestichezza con il suo nuovo cellulare da poter avviare una chiamata. Sapeva come rispondere e come richiamare l'ultimo numero che l'aveva chiamata, ma chiamare qualcuno dalla sua rubrica era un territorio inesplorato.

Inoltre, per nulla al mondo Melina si sarebbe persa il momento in cui sua sorella sarebbe uscita dalle porte automatiche degli arrivi. Melina avrebbe superato la folla di famiglie in attesa e si sarebbe precipitata ad abbracciare Cetta.

L'idea di come accogliere la sorella era molto diversa dal piano di Tanino di scaraventarla in macchina con il motore ancora acceso e poi scappare via—un rapimento.

"Non possiamo aspettare qui." Tanino indicò un cartello blu e rosso con una croce. "Se arrivano i vigili urbani, possono multarci fino a cinquecento euro! Quanti taxi ci vengono con quella somma?"

"Tu e i tuoi taxi. Va bene, vado a prenderla."

Prima che Tanino rispondesse, Melina uscì dall'auto e si avviò verso la sala degli arrivi.

***

Il tabellone mostrava che il volo da

Glasgow era atterrato. Il cuore di Melina iniziò a battere più velocemente.

Si fece strada verso la barriera, ma vicino all'estremità, in modo da poter sguizzare fuori e abbracciare la sorella non appena fosse emersa.

Ogni volta che le porte si aprivano e qualcuno usciva, a Melina sobbalzava il cuore in petto. Aveva chiesto a Cetta cosa avrebbe indossato e sapeva che la sorella avrebbe indossato un cappotto blu.

La gente usciva da quelle porte e veniva inghiottita dalla folla, ma sua sorella non veniva mai.

Da un momento all'altro uscirà, si disse Melina, sempre più eccitata. Si sentì toccare la spalla.

"Ciao, sorella! Sono cambiata così tanto che non mi riconosci più?"

Melina fu avvolta in un caloroso abbraccio. Come aveva fatto a non accorgersi di Cetta?

Indossava un impermeabile del colore del cielo estivo siciliano.

"Ma tu indossi un impermeabile celeste, non un cappotto blu!" Melina protestò.

"Ti ho detto blu? Scusa, mi sono confusa. Sia celeste che blu si chiamano "blue" in inglese. Ti dispiace se faccio un salto in bagno? Tanino si stressa ancora per il parcheggio?"

"Non preoccuparti di lui", rispose Melina e, per rifarsi del benvenuto deludente che aveva dato alla sorella, aggiunse: "Quando torni dal bagno, ti offro un caffè."

"Ma Tanino non sta aspettando fuori?"

"Non preoccuparti, non gli dispiace aspettare."

***

A Tanino invece dispiaceva eccome. Teneva gli occhi incollati allo specchietto retrovisore, con il cuore che gli rimbombava nel petto per la paura di incappare nei vigili urbani. Quanto tempo ancora Melina doveva farlo aspettare?

Il cuore quasi gli balzò fuori dal petto quando l'ausiliaria del traffico gli bussò al finestrino. Tanino non abbassò neppure il finestrino ma, dopo averle gettato uno sguardo inorridito, si allontanò in gran fretta in preda al panico.

Guidò per un po' senza meta, sudando freddo, finché non si rese conto che, a meno che non avesse svoltato—uno svincolo qualsiasi—sarebbe finito in autostrada.

Prese il primo svincolo e si trovò di fronte a un hotel. Ah, finalmente un parcheggio senza barriere a pagamento!

Tanino entrò in un comodo parcheggio e tirò un sospiro di sollievo. Ma lo sguardo gli cadde su un cartello che recitava: "Parcheggio riservato ai clienti. Multa 500 euro." Tanino gemette. Cosa fare adesso?

Gli venne un'idea. Aveva un disperato bisogno di caffè e l'hotel sicuramente aveva un bar. Tanino chiuse l'auto ed entrò in albergo.

***

"Questo è esattamente il punto in cui l'ho lasciato! Come mai non c'è?" Melina disse incredula.

Credeva nell'esistenza dei vigili urbani tanto quanto credeva ai mostri sotto il letto. Invece, il modo in cui era schizzata fuori dall'auto senza salutarlo le faceva sospettare che Tanino si fosse preso una piccola rivincita e se ne fosse andato per farle prendere uno spavento.

"Tornerà," disse Cetta placidamente. "Come siete rimasti?"

"In nessun modo. L'ho lasciato qui."

"Allora forse dovresti chiamarlo."

"Io? Ehm, potresti chiamarlo tu?"

"Non ho una SIM italiana. Non hai il cellulare con te?"

"Sì, ma ho qualche problema a usarlo," confessò Melina.

Cetta scosse la testa, sorridendo. "Ti aiuto io."

***

L'odore del burro caldo si intrufolò nelle narici di Tanino e le mise in subbuglio.

Dopo quel caffè amaro, le sue papille gustative reclamavano uno di quei cornetti caldi del bancone del bar. Stava per tirare fuori il portafoglio e comprarne uno, quando squillò il telefono.

"Tanino? Dove sei?" Dal piccolo altoparlante del cellulare la voce di Melina risuonò nella sala deserta.

Chissà perché gridava quando parlava al cellulare ma non al telefono fisso.

"Sono in..." Esitò. Poteva davvero dirle che era al bar di un hotel per prendersi un caffè e un cornetto? "Sono qui vicino. Tu dove sei?"

"Dove ci siamo lasciati. Ti sto aspettando."

Tanino tirò un sospiro. Non poteva prendersi il cornetto. "Arrivo," disse, e chiuse la chiamata, sospettando che Melina non sapesse come fare.

***

Un profumo delizioso aveva seguito Melina e Cetta dentro la macchina.

Dopo i baci e i complimenti d'obbligo, Tanino guardò il pacco che Cetta teneva sulle ginocchia. La sua fragranza burrosa si poteva quasi toccare. La cognata gli lanciò uno sguardo consapevole.

"Mentre ti aspettavamo, siamo tornate al terminal e abbiamo comprato dei cornetti. Ne vuoi uno?"

Tanino sorrise. "Ci puoi scommettere."

7. Un villino in campagna

"**S**e non fossi disperata, non te lo chiederei, Melina," le disse Giovanna scuotendo la testa e facendo tintinnare gli orecchini, "perché so quanto sei impegnata, ma tu e tuo marito siete gli unici rimasti nel palazzo ad agosto. Se per favore potessi innaffiare le mie piante, te ne sarei davvero grata."

Melina aveva già accettato di innaffiare le piante di un altro vicino, di ritirare la posta dell'appartamento di sotto e di passare a controllare l'appartamento di sopra, che a volte aveva delle perdite d'acqua.

Tutto questo perché lei e Tanino non lasciavano il loro appartamento nemmeno in agosto, quando la città si svuotava.

"Se il sole è troppo forte sul balcone del salotto, puoi spostare le rose sul balcone della cucina?" aggiunse la vicina.

"E non dimenticare di aggiungere all'acqua una goccia di fertilizzante una volta alla settimana. Se viene scirocco, avvicina i vasi al muro, altrimenti il vento li rovescia e devi rimettere tutta la terra dentro, cosa che mi è successa diverse volte. Grazie mille, Melina".

Giovanna mise in mano a Melina un mazzo di chiavi prima ancora che Melina avesse accettato. "Melina, mi viene da piangere. Ho così tanto da fare: coprire tutti i mobili con i lenzuoli, mettere la naftalina negli armadi, svuotare il frigorifero... Avere una seconda casa è un tale lavoro!" Giovanna sospirò drammaticamente. "A volte addirittura ti invidio."

Addirittura? Melina si sentì un po' offesa.

"Sarà meglio che mi metta all'opera. Grazie per il tuo aiuto, Melina!" Giovanna diede a Melina una piccola pacca sul braccio e si ritirò nel suo appartamento.

Melina brontolò sottovoce, si mise le chiavi di Giovanna in borsa e proseguì per la sua strada.

L'incontro con Giovanna l'aveva fatta arrivare in ritardo in chiesa, il che non faceva che aumentare la sua irritazione. Stava per sedersi al suo solito posto quando Elena la intercettò.

"Melina, stavo cercando proprio te!"

"Perché?" Melina rispose rigidamente, aspettandosi che le venisse chiesto di leggere, raccogliere le offerte o svolgere qualche altro compito per la parrocchia.

"In agosto, padre Pietro andrà da sua sorella in montagna e abbiamo bisogno di qualcuno che apra la chiesa per i sacerdoti che lo sostituiranno."

"Hai chiesto a Peppina?" Melina rispose stizzita.

"Peppina sta per andare al villino a mare."

"Rosaria?"

"Andrà in campagna. Tutte le altre andranno via, e io andrò da mio fratello sulla costa meridionale. Tu sei l'unica che rimane a Palermo."

Se fosse naufragata su un'isola deserta come Robinson Crusoe, con la prospettiva di viverci per 28 anni, Melina si sarebbe sentita meno sola. Ma non era il tipo da lamentarsi e lagnarsi quando era infelice.

"Cosa ti fa pensare che non vada via anch'io?" ribatté lei con aria di sfida.

"Odi viaggiare e non hai un villino."

"Fai molte supposizioni su di me," rispose

Melina.

L'idea di salire su un treno e di prenotare per sé e per Tanino un B&B si stava formando nella sua mente, anche se aveva paura.

"C'è qualcosa che non mi hai detto?" Elena ammiccò, sorridendo.

"Forse. Al momento non posso dire nulla."

La sua amica sorrise. "Capisco", disse, toccandosi il naso con due dita mentre la campanella della Messa suonava.

Mentre Padre Pietro avanzava lentamente verso l'altare, Melina pregava: "Per favore, Dio, dammi un posticino in campagna dove io e Tanino possiamo passare il mese di agosto."

Più in là, dopo l'esame di coscienza, Melina cambiò la sua petizione. "Ti prego, Dio, non farlo per me, ma per Tanino. Gli piacerebbe avere un piccolo giardino tutto suo e se lo merita. Fallo per la nostra nipotina: le piacerebbe avere un posto dove andare in bicicletta, e si è impegnata molto a scuola."

Dopo la Messa, tornando a casa, Melina si fermò al panificio per comprare il pane per la cena.

"Signora Melina, da lunedì prossimo sarò chiuso per due settimane," le disse il fornaio.

"Vado al villino a mare che condivido con mio fratello e la sua famiglia."

Per la prima volta in vita sua, Melina fu disgustata dall' l'odore del pane appena sfornato e arrivò a casa di pessimo umore.

"Potevi almeno apparecchiare la tavola per la cena," disse a Tanino, che stava guardando un programma televisivo immobiliare.

"Non ho mai apparecchiato," rispose lui, confuso.

"Ancora peggio!"

***

Tanino si passò una mano sulla fronte e si preparò ad affrontare una cena difficile. Cosa aveva sbagliato questa volta? Non era il compleanno di Melina o il loro anniversario, questo lo sapeva, quindi cosa poteva essergli sfuggito? "Sei arrabbiata per qualcosa? Voglio dire, a parte la tavola non apparecchiata."

"Pensi che la tavola non apparecchiata non sia un motivo sufficiente per arrabbiarmi?"

"No."

"Beh, sono anche arrabbiata perché tutti se ne vanno ai villini e noi restiamo qui a badare alle loro piante, prendere la loro posta e ad aprire la chiesa per il prete sostituto.

In questa città rovente in agosto rimarranno solo i ladri, i detenuti e noi due."

"Allora non ci sarà bisogno di aprire la chiesa," scherzò lui, ma lei non sorrise. "Mi dispiace, cara. Avresti dovuto sposare un medico o un avvocato se ci tenevi tanto a possedere un villino."

"Non è vero: anche il fornaio ne ha uno!" ribatté Melina.

"È la fattoria dove è nato. L'altro giorno si lamentava che lui e suo fratello passano le vacanze a ripararla, lavorando come schiavi."

"Anche Peppina e Rocco hanno un villino, e lui è un fruttivendolo."

Tanino scosse la testa. "È solo un piccolo appezzamento dove coltiva parte della frutta e della verdura che vende."

"Ma hanno una casa lì."

"Un capanno da giardino glorificato."

"Sarei felice anche di quello." Melina incrociò le braccia.

Tanino si alzò dalla sedia e avvolse le spalle di Melina con un braccio. "Ho un amico che ha una casetta in montagna. Era dei suoi genitori e, da quanto ho capito, è vuota. Posso chiedergli se vuole affittarcela per un paio di settimane."

Il cipiglio di Melina si trasformò istantaneamente in un sorriso. "Sì, grazie!"

Anche Tanino sorrise, pur sapendo che non si trattava ancora di un lieto fine. Se Melina si fosse trovata bene, avrebbe chiesto di tornarci. E se le fosse piaciuto molto, avrebbe desiderato una casa tutta per loro.

***

"Melina!"

"Peppina! Come stai? Mi stai chiamando dal tuo villino?" chiese Melina al telefono.

"Sono molto offesa, Melina. Non avrei mai immaginato che mi avresti fatto questo."

"Fatto cosa?"

"Farmelo scoprire tramite altri invece di dirmelo tu stessa."

"Scoprire cosa?"

"Del tuo nuovo villino! Non credere che non lo sappia. Appena me ne vado al mio villino, per te non esisto più e vai a dire le tue novità a Elena prima di me."

"Non ho fatto nulla del genere!" Melina protestò. Elena doveva averla capita male ieri a Messa.

"Cosa non hai fatto, dirle le tue novità o comprare un villino?"

Melina rifletté. Aveva l'opportunità di

chiarire i fatti, ma il pensiero che le sue amiche si telefonassero a vicenda dalle loro case di vacanza per saperne di più su questa diceria... Tutta quell'attenzione era irresistibile! "Non ho detto nulla a Elena, ma non posso confermare o smentire di aver comprato un villino," disse pomposamente.

Ci fu un attimo di silenzio all'altro capo del telefono.

"So qual è il problema: non vuoi fare una festa di inaugurazione della casa. Lascia fare a me, Melina, penserò a tutto io. Dammi solo una data e l'indirizzo e vedrai che non dovrai muovere un dito."

"Oh, no, Peppina. Non posso chiederti una cosa del genere."

"Non dire così: gli amici servono a questo."

Melina sospettava che Peppina avrebbe smesso di considerarsi amica di Melina se non le fosse stato concesso il privilegio di organizzare la festa. E se Tanino non fosse riuscito a ottenere la casa?

"Se non vuoi scegliere una data, lo faccio io. Il quindici agosto è giorno festivo. Pranzo al tuo nuovo villino il quindici agosto," incalzò Peppina.

"Devo prima chiedere a Tanino."

Peppina schioccò la lingua in disapprovazione. "Ai mariti non si chiede. Si dice. A meno che tu non voglia fare la fine di Lucia, che deve chiedere il permesso al marito pure per respirare."

"Ma Tanino potrebbe aver organizzato qualcosa," insistette Melina.

"Se ha organizzato qualcosa e non te l'ha detto, tanto peggio per lui."

***

Quella sera, Tanino non si aspettava che Melina andasse a letto con un'espressione così cupa. "Non sei felice che organizzi una vacanza?"

L'idea cominciava a entusiasmarlo. Sarebbe stato bello avere un po' di spazio all'aperto, un piccolo giardino da curare, anche se non gli apparteneva. Giacomo lo aveva autorizzato a mangiare tutto ciò che era maturo in giardino, in cambio della cura delle piante.

"Spero che il tuo amico possa darci la casa perché i miei amici verranno a pranzo il quindici agosto," disse lei timidamente.

Santo cielo! Erano passate solo un paio d'ore da quando aveva menzionato la possibilità di affittare il villino di Giacomo, e Melina aveva già organizzato un pranzo! "Cara, anche dopo tutti questi anni riesci ancora a sorprendermi."

***

Le salsicce al finocchio e limone erano pronte accanto al barbecue, il pane era tagliato e la pizza era in forno.

Melina aveva fatto lei lo sfincione, preparando il pane in pasta e condendolo con salsa di pomodoro, cipolle, acciughe e caciocavallo grattugiato. Non era capace di avere ospiti a casa sua e non cucinare almeno qualche pietanza.

Anche se, tecnicamente, questa non era casa sua. Giacomo aveva dato loro in affitto quel villino in campagna per due settimane a un prezzo stracciato, ma non era necessario che le sue amiche lo sapessero.

L'unica persona che poteva tradire il suo segreto era Tanino. Pochi minuti prima dell'arrivo degli ospiti, Melina andò a cercarlo in giardino.

"Caro, devo dirti una cosa importante."

Tanino lasciò cadere il tubo, che guizzò a destra e a sinistra tra le piante di pomodoro come un serpente impazzito. "Non dirmi che il forno ha bruciato la pizza."

"No, non è questo. Solo, per favore, non fare la faccia sorpresa se sentirai dire che questa è una festa di inaugurazione della casa. Le mie amiche credono che abbiamo comprato questo villino."

Tanino corrugò la fronte. "Perché dovrebbero...?"

"Melina, siamo arrivati!" Peppina cinguettò dal cancello.

"Scusa, caro, devo andare," Melina disse a Tanino e si affrettò verso il cancello.

Melina vide una colonna di auto sulla strada sterrata che portava al loro cancello. Peppina non aveva invitato solo alcuni amici intimi, ma l'intera parrocchia!

Se Melina aveva pensato di confessare alle sue amiche la verità sull'acquisto del villino, di certo non l'avrebbe fatto davanti a tutte queste persone.

Teglie di lasagne, pasta al forno, insalate di riso, couscous e torte si riversarono nella minuscola casetta, per poi uscire dalla porta sul retro e appollaiarsi su rocce, rami d' alberi e cisterne.

Nel frattempo, il tubo di Tanino continuava a innaffiare le piante di pomodori, completamente dimenticato.

***

Tanino si sentì stordito dal gran numero di auto che serpeggiavano lungo la strada sterrata che conduceva al loro cancello.

Per un attimo si chiese se avrebbe dovuto chiedere il permesso alle autorità locali per organizzare una festa così grande.

Ma si sentì molto meglio quando vide i vassoi di cibo, e si mise al lavoro accogliendo gli ospiti, organizzando il parcheggio e portando bottiglie e piatti.

Stava cominciando a prenderci gusto a fare il padrone di casa, quando vide un certo qualcuno emergere da una delle auto, e gli si gelò il sangue. Era Giacomo, l'amico che gli aveva affittato il villino.

Perché era venuto? Aveva saputo della festa e non l'approvava? Non fosse mai che avesse saputo dagli ospiti di Melina che il villino era loro! Tanino si precipitò lungo il viottolo e strinse l'amico in una sorta di abbraccio che era più un placcaggio.

"Mio caro Giacomo, che sorpresa!"

"La sorpresa è anche mia! Mia moglie mi aveva detto che saremmo andati a un barbecue da un amico di un amico. Non sapeva dirmi né chi fosse né dove. Così abbiamo seguito le altre macchine e... siamo finiti qui!"

"Mi dispiace, Giacomo, se non ti ho invitato, ma quasi non sapevo cosa stesse succedendo. Mia moglie ha organizzato tutto."

"Sarà bello, per cambiare, essere serviti a casa nostra. Il pensiero di vederti alle prese con il mio barbecue mi fa già ridere."

"In realtà, vecchio mio, stavo pensando di sgattaiolare via dalla festa. Mentre le donne chiacchierano, potresti farmi vedere qualche posto interessante da visitare qui vicino."

Giacomo gli fece un cenno con il dito. "È solo che vuoi evitare di combattere con il barbecue. Non preoccuparti, ti aiuto io. Il segreto è disporre i mattoni in un certo modo. Vieni, ti faccio vedere."

***

"Ah, eccoti qui! È ora di iniziare il barbecue," disse Melina a Tanino quando lo vide entrare dal cancello con un altro signore.

"Melina, questo è Giacomo," disse Tanino, muovendo stranamente gli occhi. Sembrava molto pallido.

"Sono contenta che hai trovato un amico.

Per favore, vai a preparare il barbecue," gli disse lei, dirigendosi verso la cucina. Melina aveva la sensazione che Tanino volesse dirle qualcosa, ma in quel momento era troppo impegnata per le chiacchiere.

Durante tutto il pranzo ebbe la sensazione che Tanino stesse cercando di attirare la sua attenzione. Qualsiasi cosa Tanino volesse dirle, poteva farlo benissimo dopo che tutti se n'erano andati. Non capitava tutti i giorni di dare una festa come questa.

Dopo il dolce, Peppina si rivolse a tutti i presenti. "Posso avere la vostra attenzione, per favore?"

Tutti smisero di parlare e si girarono verso di lei. "È bellissimo che Melina e Tanino abbiano finalmente il loro villino in campagna."

Un uomo si schiarì la voce e si alzò in piedi. "Mi dispiace contraddirla, ma questo villino non è di Tanino e Melina. È mio."

Melina riconobbe l'uomo che Tanino le aveva presentato e capì.

Un mormorio si diffuse tra i presenti. Melina aveva voglia di prendere la zappa di Tanino e scavare una buca per nascondersi da qualche parte vicino al centro della terra.

"Ma se vuoi comprare questo villino, Tanino," aggiunse l'uomo rivolgendosi al marito di lei, "sarei ben felice di vendertelo. Ogni fine settimana devo curare le piante, controllare la casa, fare manutenzione. Ne sono stufo, ma finora non l'ho venduto perché sentivo il dovere di tramandarlo ai miei figli così come i miei genitori l'hanno tramandato a me. Ma pensandoci bene, forse darei loro solo rogne."

"Mi piacerebbe comprarlo, Giacomo, ma non posso permettermelo," Tanino ammise.

"Va bene, allora ti concederò l'uso di questo villino finché vivrai, e in cambio tu ti prenderai cura della casa e del giardino. Così tu potrai godertelo e i miei figli potranno ereditarlo lo stesso."

"Giacomo, sarebbe meraviglioso!" Tanino esultò. "Che ne dici, Melina?"

Melina fece un piccolo strillo che gli altri interpretarono come un sì, perché applaudirono e si congratularono con loro.

***

Era luglio ed era passato quasi un anno intero da quando Giacomo aveva generosamente concesso a Tanino e Melina l'uso perpetuo del suo villino.

L'entusiasmo di Tanino per quel posto era cresciuto insieme ai pomodori, i peperoni e le melanzane che aveva piantato. Melina, invece, aveva cominciato a stressarsi per la quantità di preparativi necessari per trasferirsi lì per l'estate.

Mentre stendeva i lenzuoli sul divano e sul tavolo della sala da pranzo, si ricordò di quando, un anno prima, Giovanna si era lamentata con lei di tutto il lavoro che doveva fare ogni estate. E poi c'era la permanenza del cane da organizzare (per fortuna la cognata li aiutava con piacere) e il frigorifero da svuotare. Melina radunò tutte le salse, i formaggi e i prosciutti che non sarebbero sopravvissuti al caldo dell'auto e andò a bussare alla vicina.

"Ciao, Giovanna. Vorresti queste cose da mangiare? Stiamo andando al villino e non posso portarmele."

"Oh, sì, grazie. E annaffierò le piante per te!" rispose Giovanna, felice.

"Grazie, ma devo trovare qualcuno che stia qui anche in agosto."

"Noi staremo qui in agosto. Non te l'ho detto? Mi sono stufata di tutto il lavoro necessario per mantenere due case, così abbiamo venduto il villino. Mi occuperò volentieri delle tue piante e della tua posta. Non posso crederci che finalmente potrò ripagarti per tutto quello che hai fatto per me, Melina," Giovanna disse con un gran sorriso.

Melina la ringraziò e tornò al suo lavoro. Bisognava mettere la naftalina negli armadi, tappare gli scarichi dei bagni e distribuire l'indirizzo per l'inoltro della posta. Ma Melina non poté continuare il suo lavoro perché il campanello suonò in continuazione. Quando Giovanna diffuse la notizia che Melina stava andando in vacanza, tutte i condomini si riversarono da lei, desiderosi di ripagarla per tutto l'aiuto che aveva dato loro ogni estate.

8. Il sangue non è acqua

Nella famiglia di sua moglie, il sangue non era acqua, quindi Tanino non si sorprese che Melina fosse catapultata in uno stato di estrema eccitazione quando sua sorella, Cetta, chiese loro di ospitare il nipote Josh.

"Pensaci, Tanino. Avere Josh qui sarà come avere un pezzetto di Cetta con noi!" Gli disse Melina, con gli occhi lucidi di emozione.

Il giovanotto sarà anche stato un piccolo pezzo di Cetta, ma era anche un pezzo intero di se stesso, pensò Tanino con diffidenza.

Cetta aveva lasciato la Sicilia quando aveva sposato uno scozzese, e da allora aveva vissuto in Scozia. Tanino e Melina non amavano volare, e non erano mai andati a trovarla. Il nipote di Cetta era pure il loro pronipote ma non lo avevano mai incontrato. Per Tanino era un perfetto sconosciuto.

"Quanti anni ha?"

"Ha appena compiuto diciott'anni," rispose Melina, passando di fretta con un metro in mano.

Quindi non era solo un estraneo, ma anche un ragazzo dell'età ideale per mettersi nei guai. Per mantenerlo sulla retta via, Tanino avrebbe dovuto imporre regole, coprifuoco e limiti—cosa che odiava. Avendo solo una figlia e una sola nipote, non aveva esperienza di educazione di adolescenti maschi.

E se il ragazzo fosse un teppista? Un ubriacone? S'immaginò di setacciare le taverne di Palermo alla ricerca del ragazzo per trascinarlo a casa.

"Cosa farà mentre è qui?" chiese Tanino.

"Viene per migliorare il suo italiano, quindi suppongo che studierà l'italiano e visiterà la città," rispose Melina.

Avrebbero dovuto portare il ragazzo in giro per la Sicilia. Tanino s'immaginò di dover farsi strada nel traffico delle attrazioni turistiche più affollate, e sospirò. "Quanto starà da noi?"

"Solo tre mesi, purtroppo."

Tre mesi? Cetta non ricordava il proverbio che diceva che gli ospiti, come i pesci, dopo tre giorni puzzano? Tanino sentì una goccia di sudore sulla fronte. "Penso che sarà sufficiente."

Melina stese il metro sul letto degli ospiti.

"Secondo te Josh ci starà? Sarebbe meglio comprare un nuovo letto, non si sa mai. E avrà anche bisogno di una scrivania e di una sedia per studiare. E una lampada, naturalmente," aggiunse Melina.

Adesso non era solo la fronte di Tanino a sudare, ma anche il suo portafoglio.

"Perché non aspettiamo e vediamo?" Tanino suggerì a bassa voce, ma Melina era intenta a misurare la finestra.

"E delle tende nuove!"

Era inarrestabile.

Quella notte Tanino non riuscì a dormire. Mentre la macchina da cucire di Melina sferragliava come una mitragliatrice, lui s'immaginava che il gigante di "Jack e la pianta di fagioli" venisse a vivere con loro, dormisse sul suo nuovo letto gigante e usasse le tende come tovaglioli.

Ma fu quando Melina suggerì di comprare un televisore per la sua stanza che Tanino cominciò davvero a non gradire il loro ospite.

"Penso che abbiamo fatto abbastanza. Può guardare la TV in salotto con noi," dichiarò Tanino.

"In quel caso, immagino che dovrai cedergli la tua poltrona. La vista dal divano non è altrettanto buona."

La poltrona di Tanino era il suo luogo sacro e il suo trono.

"La vista dal divano andrà benissimo," disse bruscamente, e lasciò la stanza prima che Melina lo inimicasse ancora di più verso il pronipote.

**

Melina scrutò con ansia la folla che usciva dalle porte degli arrivi. Di Josh non c'era neanche l'ombra.

Se non fosse uscito presto, Tanino si sarebbe infuriato. Tanino non amava guidare in aeroporto, ma oggi era più scontroso che mai.

Si era rifiutato ostinatamente di pagare il parcheggio e stava aspettando fuori in macchina con un occhio ai vigili urbani, proprio come qualche mese prima, quando Cetta era venuta a trovarli. Se Melina l'avesse fatto aspettare ancora, l'avrebbe trovato furioso quando fosse arrivata con Josh.

In quegli ultimi giorni, Tanino era sembrato quasi scontento della visita di Josh. Ma Josh era un membro della famiglia, sangue del sangue di Melina. Come mai Tanino non lo amava?

Scrutò di nuovo gli arrivi. Era possibile che Josh fosse già uscito e lei non lo avesse visto?

Anche se Cetta non le aveva inviato nessuna foto recente del ragazzo, Melina avrebbe sicuramente riconosciuto un membro della sua famiglia. Anche se i suoi occhi non lo avessero riconosciuto, il sangue lo avrebbe fatto! Qualcuno le toccò la spalla e lei si voltò.

Un giovane con i capelli rossi e le lentiggini le sorrise. "Zia Melina? Sono Josh," le disse in italiano.

Melina fissò lo sconosciuto. Il giovane sembrava cento per cento vichingo e zero per cento siciliano. Dov'era il pezzetto di sua sorella?

"Ciao," rispose lei, sorridendo fiaccamente. Gli offrì una mano da stringere, ma lui la avvolse in un abbraccio e la baciò su entrambe le guance.

"È bello conoscerti finalmente, zia. La nonna parla sempre di te," disse in perfetto italiano.

"Grazie," rispose Melina con tutto l'entusiasmo che poteva.

Fino a un attimo prima, non avrebbe avuto problemi a riflettere lo stesso entusiasmo e calore di Josh, ma ora era in difficoltà e di questo si sentiva in colpa. Di certo l'aspetto non doveva contare: i parenti erano parenti.

Tanino aspettava in macchina davanti all'uscita, con un cupo cipiglio stampato sul volto.

"I vigili urbani sono passati due volte," brontolò prima ancora di salutare Josh.

Melina era mortificata. Questa non era l'accoglienza calorosa che aveva voluto per il nipote di sua sorella. "Mi dispiace, Josh, se ci trovi un po' tesi. A Tanino non piace guidare in aeroporto," cercò di spiegare.

"Non c'è problema. Non mi aspettavo nemmeno di essere preso. Avrei potuto prendere un autobus. Grazie mille," Josh rispose bonariamente.

Sembrava un giovane educato e gentile.

***

Tanino rimase a bocca aperta. Il giovane parlava l'italiano perfettamente e sembrava anche educato e gentile. Niente a che vedere con il mostro che Tanino aveva temuto nella sua immaginazione.

Mentre l'entusiasmo di Melina per il pronipote sembrava essersi un po' attenuato, quello di Tanino aumentò rapidamente.

Quello stesso pomeriggio, Tanino invitò Josh al bar per fargli conoscere i suoi amici, e gli presentò il fornaio, il pizzaiolo e tutti quelli che incontrarono per strada.

Nel frattempo, Melina si teneva occupata in cucina.

Il giorno successivo, Josh li invitò entrambi ad andare con lui su un bus turistico per visitare le attrazioni locali. Invece di guidare in mezzo al traffico e alla folla, Tanino si ritrovò a seguire i tour organizzati da Josh e a godersi le attrazioni con calma. Si stava divertendo un mondo e non riusciva a capire perché fosse stato così preoccupato e risentito per la visita di Josh.

Ma non era l'unico a godere della compagnia di Josh. La sua nipotina amava esercitare il suo inglese con Josh, suo genero si divertiva a discutere con lui di politica internazionale, e a sua figlia, che era un'insegnante, piaceva sapere come funzionavano le scuole nel Regno Unito. L'unica persona con cui Tanino non doveva competere per l'attenzione di Josh era Melina.

**

Melina osservava la sua famiglia riunita intorno alla tavola per il pranzo domenicale.

Tutti si contendevano Josh. Aveva incantato tutti perché era un ragazzo squisito.

Ma Melina era risentita con lui per via di quel pezzetto di Cetta che non le aveva portato.

Non era solo la mancanza di somiglianza fisica. Molti membri della loro famiglia avevano un certo modo di chinare la testa quando ascoltavano qualcuno, un modo di schioccare la lingua quando non gli piaceva qualcosa, una risata caratteristica—tutte cose che Cetta aveva ereditato ma Josh no.

Per quanto si sforzasse, Melina non riusciva a trovare nulla di Cetta in lui. Josh sembrava non aver preso assolutamente nulla da sua nonna.

Squillò il telefono. Gli altri erano impegnati nelle loro conversazioni, così Melina si alzò per rispondere.

"Pronto, Melina? Sono Cetta," disse una voce familiare dall'altro capo del telefono.

Un'ondata di nostalgia travolse Melina. "Ciao, cara. Oh, quanto mi manchi!"

"Anche tu mi manchi, e mi manca il mio

nipotino. Come sta?"

"Tutti lo adorano. È un giovanotto squisito. Così educato, gentile, affettuoso..."

"Grazie," rispose Cetta.

"... ma non è te."

"Capisco. Nessuno può sostituire la persona che ci manca," disse Cetta in tono serio. "Di tutti i miei nipoti, Josh è quello che mi assomiglia di meno. È una copia degli altri nonni. Ma dimmi, come trovi il suo italiano?"

"È eccellente! È stata una grande sorpresa. Non mi avevi detto che parlasse così bene l'italiano," rispose Melina, che quasi poteva sentire il sorriso della sorella.

"Volevo farti una sorpresa. Sono stata io a insegnargli l'italiano. Da quando è nato gli ho parlato sempre in italiano, gli ho comprato libri in italiano, gli ho fatto vedere DVD in italiano. Nessuno degli altri nipoti era interessato come lui, così abbiamo continuato anche quando è cresciuto. Ogni venerdì dorme a casa mia e la chiamiamo "la notte italiana". Lui mi legge i libri ad alta voce e io gli correggo la pronuncia. Non ci crederai quanti libri di fantascienza abbiamo letto insieme!" disse lei, con aria soddisfatta.

A Melina si riscaldò il cuore. Anche se Josh non aveva l'aspetto o il modo di fare di sua sorella, era ugualmente un pezzetto di Cetta. La pazienza, la dedizione e l'amore di sua sorella avevano reso Josh capace di comunicare con lei nella sua lingua. Ogni volta che le parlava in italiano, quello era il frutto della fatica e dell'amore di Cetta.

Melina chiuse la telefonata e tornò in sala da pranzo.

"Zia Melina, ti stavamo aspettando," disse Josh appena lei apparve sulla porta. Melina sorrise. Ora che sapeva come mai Josh parlava così bene l'italiano, sentiva come se un pezzetto di sua sorella le stesse parlando attraverso di lui. Il sangue non era acqua, sì, ma l'amore valeva ancora di più.

9. È il pensiero che conta

Il compleanno di Tanino si avvicinava.

"Cosa vorresti per il tuo compleanno, caro?" gli chiese Melina, come ogni anno.

E come ogni anno, lui rispose, "Non ho bisogno di nulla."

Ma questa volta Melina era pronta. "Ho le scarpe ai piedi e la borsa in mano. Se non mi dai un suggerimento, ti farò una sorpresa."

"Odio le sorprese," brontolò Tanino. "Comunque, non ha senso comprarmi un regalo con i miei soldi."

Quelle ultime tre parole rimasero impresse a Melina. Tanino di certo non voleva offenderla, ma aveva detto la verità, e la verità aveva ferito Melina. Lui era quello che portava i soldi in famiglia, e se lei gli avesse comprato un regalo, lo avrebbe fatto con i soldi di lui. In cinquant'anni di matrimonio, ogni regalo di compleanno che gli aveva fatto lo aveva comprato con i soldi di lui.

Rattristata, Melina posò la borsa, si tolse le scarpe e andò in camera da letto, il suo posto preferito per pensare o crogiolarsi. Poteva mai rassegnarsi a non comprare mai più un regalo a suo marito? Certamente no.

Ma cosa poteva fare per dargli un regalo che non fosse comprato con i soldi suoi?

Melina prese il telefono, chiamò la cognata e le comunicò il suo problema.

"Potresti regalargli qualcosa che non costi denaro, ma solo tempo. Potresti cucinargli un piatto speciale o fargli un massaggio alla schiena," suggerì Fina.

"Queste sono cose che faccio già di tanto in tanto, quindi non sarebbero molto speciali. Se solo potessi trovare un lavoro!"

Ci fu un attimo di silenzio all'altro capo del telefono, e Melina poté quasi sentire Fina sorridere.

"In realtà, sarebbe possibile."

"Chi mai mi assumerebbe, quando ci sono tanti giovani in cerca di lavoro?"

"Ci sono lavori che i giovani non sanno fare," rispose Fina.

Con la sua licenza elementare, Melina non riusciva a immaginare un solo lavoro in cui fosse più qualificata di qualcun altro, ma le parole di Fina l'incuriosivano. "Dimmi di più."

"Vieni qui e ti faccio vedere."

Melina si rimise le scarpe, imbracciò la borsa e uscì di casa.

***

Il salotto di Fina era ricoperto di scampoli di raso bianco lucido, rotoli di pizzo, scatole di perline e lustrini. Avrebbe potuto essere il set di una sfilata di abiti da sposa.

"Benvenuta nel mio laboratorio," Fina annunciò con orgoglio. "Il negozio di abiti da sposa al piano di sotto mi dà tutto il materiale e io applico le perline ai tessuti, seguendo i loro schemi."

Melina rimase senza parole. Era sicura che gli occhi la brillassero come quelle perline. Era tutto così bello! Avrebbe cucito le perline su quella stoffa e quel pizzo anche gratis, solo per il piacere di lavorare con quei materiali, ma Fina veniva addirittura pagata per farlo! In tutta Palermo ci sarebbero state spose felici che indossavano l'opera delle sue mani nel giorno del loro matrimonio.

"La paga non è alta e il lavoro è saltuario," ammise Fina. "Ma piano piano ho racimolato un bel gruzzoletto. In questo momento sono un po' oberata di lavoro e mi farebbe comodo una mano d'aiuto," aggiunse con un sorriso.

"Puoi contare su di me!" Melina disse.

***

Tanino si svegliò dalla sua siesta pomeridiana e, anche questa volta, si ritrovò solo a casa.

Durante quella settimana non aveva visto Melina quasi mai. Era sempre fuori casa.

Che cosa faceva? Lui non era uno di quegli

uomini che pretendevano di sapere sempre dove fosse la propria moglie, ma ormai cominciava a essere curioso. Arrivata l'ora di cena, non riuscì più a contenere la sua curiosità.

"Dove sei stata oggi?" le chiese.

Melina rimase con la forchetta a mezz'aria e strinse le labbra, come se non si aspettasse quella domanda o non volesse rispondere. Il che, naturalmente, rese Tanino ancora più curioso.

"Nulla d'importante," rispose vagamente.

"Perché non vuoi dirmelo?"

"Sono stata a casa di tuo fratello, se proprio vuoi saperlo."

Immediatamente tutti i campanelli d'allarme di Tanino suonarono, perché poteva esserci solo un motivo per cui Melina era così riluttante a dirgli della sua visita a Ciccio e Fina poco prima del suo compleanno. Il coltello e la forchetta gli caddero dalle mani nel piatto con un rumore fastidioso.

"Ti prego, non farlo! Odio le feste di compleanno, e quelle a sorpresa sono le peggiori!"

"Non sto organizzando nessuna festa a sorpresa," gli assicurò lei, poi cambiò argomento e parlò del calcio in TV.

Ma Tanino era ugualmente preoccupato. Viveva con Melina da cinquanta anni e aveva imparato a interpretare ogni curva delle sue labbra e ogni espressione del suo viso. Sua moglie nascondeva qualcosa.

Dopo cena, Tanino portò il cane a passeggio e chiamò il fratello dal cellulare.

"Melina era da voi questo pomeriggio?"

Detestava fare la parte del marito geloso, ma aveva bisogno di saperlo.

"Sì. Lavora con Fina tutti i pomeriggi."

"Lavora?" Tanino dovette smettere di camminare e appoggiarsi a un muro.

"Sì. Non te l'ha detto?".

"No". Gli girò un po' la testa. Non era sicuro fosse più scioccante, se il fatto che Melina avesse trovato lavoro o il fatto che non glielo avesse detto.

Improvvisamente si ricordò di averle detto che non aveva senso che lei spendesse i suoi soldi per comprargli un regalo di compleanno. Si era pentito di quelle parole subito dopo averle pronunciate, ma evidentemente era troppo tardi. Il nuovo lavoro di Melina doveva avere a che fare con il suo commento indelicato. Ringraziò il fratello e chiuse la telefonata.

Tornò a casa stordito. Lui era sempre stato quello che portava a casa il pane e Melina quella che si occupava delle faccende domestiche e della famiglia. Le cose sarebbero cambiate adesso?

***

Per i primi giorni, cucire perline su quei bei merletti e chiacchierare con la cognata era stato divertente, ma adesso la novità cominciava ad affievolirsi.

I fori delle perline erano minuscoli, il pizzo era delicatissimo e a Melina cominciavano a far male gli occhi e il collo. Lei e Fina avevano esaurito gli argomenti di cui parlare ed erano ricorse ad accendere la radio. E poi c'era lo stress di lavorare con tempi strettissimi e farsi pagare prima del compleanno di Tanino.

Quella sera, Melina si era trattenuta da Fina un po' più a lungo ed era tornata a casa tardi per la cena. Aveva ogni muscolo indolenzito e non aveva alcuna voglia di mettersi ai fornelli per preparare la cena.

Con piacere e sorpresa, trovò la tavola apparecchiata e una pizza dall'aspetto delizioso.

"Vedendo che tardavi, ho ordinato una pizza," spiegò Tanino con un po' di titubanza.

"Un'idea magnifica. Sono così stanca e indolenzita!"

"Siediti e ti faccio un massaggio al collo e alle spalle."

Quand'era stata l'ultima volta che Tanino le ha fatto un massaggio? "Oh, sì, grazie."

Dopo cena, poi, quando Tanino offrì di fare i piatti e le suggerì di andare a letto presto, Melina si insospettì un po'. Era così premuroso perché aveva fatto qualcosa di male e sperava di essere perdonato? Aveva qualche crimine da confessare?

Ma il mattino dopo Tanino non confessò nessun crimine, e Melina dimenticò tutto e se ne andò a lavorare.

**

Quando, la sera successiva, Melina era di nuovo in ritardo per la cena, Tanino uscì e comprò del pollo arrosto, delle panelle di farina di ceci e delle crocchette di patate. E decise che, quando fosse rincasata, le avrebbe chiesto del suo lavoro. Ma quando Melina tornò a casa con l'aria ancora più esausta del giorno prima, Tanino non ebbe il coraggio di disturbarla.

Come si era pentito di quel commento indelicato! Come voleva che le restituissero sua moglie, riposata e felice come prima! L'indomani, appena si fosse svegliata, le avrebbe detto che non avevano bisogno di soldi e che lei poteva comprargli tutti i regali che voleva.

***

Melina si alzò presto e uscì di casa prima che Tanino si svegliasse. Oggi era la giornata decisiva: era il compleanno di Tanino, e lei e Fina dovevano consegnare la merce al negozio ed essere pagate prima che Melina potesse comprare il regalo di Tanino.

Riuscirono a completare il lavoro prima dell'ora di pranzo e, con i soldi guadagnati, Melina si precipitò al negozio di modellini di treni. Sapeva già cosa sarebbe piaciuto a Tanino.

***

Tanino era in preda al malumore. Proprio nel giorno del suo compleanno, si era svegliato con il letto vuoto e un messaggio scarabocchiato su un foglietto che gli augurava un buon compleanno. Avrebbe mangiato un altro pollo d'asporto, e per di più da solo, nel giorno della sua festa?

Quella sera, proprio quando Tanino stava per andare alla polleria, Melina irruppe a casa sorridendo fino alle orecchie.

"Buon compleanno!" dichiarò. "Ti ho fatto

un regalo, ma l'ho comprato con i soldi che ho guadagnato," gli disse, offrendogli una grande scatola. La carta da regalo era stampata con immagini di treni.

"Non dovevi! Mi dispiace tanto per quello che ho detto," Tanino disse alla moglie.

"Non preoccuparti. Il lavoro è stato divertente."

Quelle parole lo preoccuparono ancora di più.

"Vuoi dire che continuerai a lavorare?"

"Solo quando Fina avrà bisogno d'aiuto," rispose Melina. "Il lavoro era divertente ma era terribilmente stancante per gli occhi e il collo. Mi piace molto di più il mio lavoro qui."

Tanino si sentì come macigno sollevato dalle spalle.

"Quindi non starai più fuori casa per ore e ore, giorno dopo giorno?"

"No."

Quello era il regalo più bello in assoluto!

Melina si tolse il cappotto e si precipitò in cucina dove stava per indossare il grembiule, quando Tanino la fermò.

"Che ne dici di festeggiare con una cena in quel nuovo ristorantino che hanno appena aperto in fondo alla strada?" propose. "Ma prima di tutto, ti ci vuole un massaggio alle spalle."

***

Da quando gli aveva regalato quel modello di trenini per il suo compleanno, Melina non vedeva Tanino quasi più.

Suo fratello gli aveva concesso l'uso esclusivo della sua stanza degli ospiti per costruire il modello, e Tanino era sempre a casa del fratello.

Fina le riferiva che i due uomini si divertivano molto con il modello, e che stava riuscendo molto bene.

Melina era contenta per loro, ma stasera la cena era pronta da tempo e si stava raffreddando.

Finalmente la porta si aprì ed entrò Tanino.

"Mi dispiace di essere in ritardo."

Sembrava terribilmente stanco e aveva un aspetto sciupato.

"Stai bene?"

"Sì. Ho solo un po' di dolore alle spalle per tutto quel lavoro complicato. Non è che potresti farmi un massaggio al collo e alle spalle?"

10. Il lavello

Melina scolò la pasta nel lavello, ma l'acqua non scorse via immediatamente.

"Questo lavello è ancora intasato. Quando lo sturerai?" disse a Tanino, ripescando lo scolapasta dall'acqua.

Aveva chiesto al marito di occuparsi di quel lavello già un paio di volte, ma lui non l'aveva ancora fatto.

"Lo farò dopo pranzo," la rassicurò Tanino.

Ma dopo pranzo era l'ora della sua siesta, pensò Melina, e quando si sarebbe svegliato avrebbe avuto senza dubbio delle commissioni urgenti da sbrigare. Poi sarebbe stata ora di cena, e dopo avrebbe fatto buio. Tanino non lavorava mai al buio.

Melina non ci pensò più fino al mattino

successivo, quando tornò dal Mercato del Capo.

Stava sciacquando delle barbabietole cotte quando l'acqua si accumulò di nuovo nel lavello. Era rossa porpora, come Melina immaginava il sangue nelle sue vene.

Melina si sfogò con la vicina di casa, Giovanna, che era al balcone a stendere il bucato.

"Di' a Tanino che se non se ne occupa subito, ci penserai tu," le suggerì Giovanna.

"Ma non ho mai sturato un lavandino," rispose Melina.

"È proprio questo il punto. Lui lo sa e teme che tu ci provi, quindi farà subito il lavoro."

A Melina sembrò un'idea fantastica.

***

Tanino si era addormentato davanti a un western e stava sognando cowboy, mustang e bisonti. Stava per prendere al lazo un bisonte in fuga quando una voce si intromise nel suo sogno. "Se non sturi subito il lavello, lo faccio io!"

Doveva essere il bisonte che cercava di distrarlo, ma che stupidaggini diceva! Cosa c'entrava un cowboy con un lavello? E come faceva a sturarlo con pistole, speroni e lazzo? Tanino grugnì e continuò a inseguire l'animale impertinente.

***

Suo marito ne andava pazzo, ma Melina non si capacitava di cosa ci fosse di così interessante nei film western. Attori che sembravano non lavarsi da anni cavalcavano sullo sfondo di paesaggi ancora più aridi della Sicilia!

Nonostante ciò, Tanino veniva completamente ipnotizzato da questi film, al punto che era impossibile tirargli dalla bocca più di un monosillabo.

"Lo sturi tu o lo faccio io?" Melina gli chiese di nuovo, per essere sicura.

Nessuna risposta.

"Allora lo farò io, Tanino!"

Lui grugnì di nuovo. Questa volta Melina non aveva dubbi: era un sì. Il suo piano si era ritorto contro di lei. Ora doveva sturare il lavello da sola.

Melina si precipitò da Giovanna per raccontarle l'accaduto.

"E adesso cosa faccio? Non ho idea di come sturare un lavello."

"Allora dovrai imparare."

A Melina caddero le braccia. Lei e Tanino avevano ruoli ben definiti. Lei si occupava delle faccende domestiche, mentre lui si occupava delle riparazioni.

"Non sono nemmeno se so usare bene lo sturalavandini," ammise alla vicina.

"Non importa. Sei una donna intelligente e puoi imparare. Ti aiuterò."

***

Prima provarono con lo sturalavandino, ma il lavello era ancora otturato.

"Quando si lavora con l'impianto idraulico, per prima cosa bisogna chiudere il rubinetto generale dell'acqua," dichiarò Giovanna.

"Che cos'è?" chiese Melina, confusa.

"È un rubinetto che controlla l'acqua in

tutto l'appartamento."

Per fortuna l'appartamento di Giovanna era identico a quello di Melina quindi sapeva esattamente dove trovarlo e condusse Melina sul balcone. Lì c'era un rubinetto rosso.

Melina l'aveva visto molte volte, ma non ci aveva mai prestato attenzione. Chiuse il rubinetto e tornò in cucina.

"Dobbiamo togliere il sifone. È lì che di solito si bloccano le cose perché ha una piega a gomito."

Melina aprì il mobile sotto il lavandino e vide la piega a gomito del sifone. Come faceva la sua amica a sapere tutte queste cose?

"Abbiamo bisogno di una ciotola da mettere sotto perché uscirà acqua."

Melina prese la bacinella per lavare i piatti e la sistemò sotto il sifone.

Avevano appena iniziato a svitare il sifone quando squillò il cellulare di Giovanna.

"Scusa, Melina, devo andare. Sai cosa fare, vero?"

"Perfettamente. Vai," mentì Melina, forzando un sorriso.

Adesso avrebbe dovuto affrontare da sola i misteri che si celavano sotto il lavello.

Non appena Melina staccò il sifone, tanta acqua cadde nella ciotola. C'erano semi di pomodoro, sabbia, terra e il suo orecchino perduto! La cosa cominciava a essere divertente.

Melina frugò nel sifone e recuperò altri oggetti perduti, tra cui il fermaglio per capelli della nipotina. Non c'era da stupirsi che il lavello fosse otturato!

Mise a posto il sifone, aprì il rubinetto generale dell'acqua e aprì il rubinetto del lavello. Oh, no, lo scarico era ancora otturato.

Il problema doveva essere da qualche altra parte lungo i tubi. Melina svitò di nuovo il sifone ma questa volta continuò a smontare le altre sezioni di tubature fino alla parete.

Solo nell'ultimo pezzo, finalmente, trovò un tappo di grasso. Lo estrasse con grande soddisfazione, sentendosi una donna davvero in gamba—la regina dei corsi d'acqua.

Ma quando fu il momento di rimettere tutto a posto, si rese conto di aver commesso un terribile errore.

Invece di disporre i tubi sul pavimento nell'ordine in cui li aveva smontati, li aveva sparsi a casaccio, e non aveva la più pallida idea di come si ricomponessero. A chi poteva chiedere aiuto?

Giovanna era uscita, e non poteva certo chiederlo a Tanino! Lasciandole riparare il lavandino, le aveva lanciato una sfida. Chiamare un idraulico era fuori discussione: avrebbe significato ammettere la sconfitta.

Improvvisamente le venne un'idea migliore. Infilò tutti i tubi nell'armadietto, lo chiuse e se ne andò.

***

Tanino il cowboy aveva radunato tutti i bisonti recalcitranti, domato i fieri mustang e si era svegliato ringiovanito.

Andò al gabinetto e poi cercò di lavarsi le mani, ma dal rubinetto non usciva acqua.

Non gli aveva chiesto Melina di riparare uno dei lavandini? Si ricordava che fosse il lavello della cucina, e solo un piccolo problema di scarico, ma la situazione sembrava più seria.

"Melina?" chiamò.

Sua moglie non rispose. Doveva essere fuori. Provò ad aprire altri rubinetti, ma non c'era acqua in tutta la casa. Il problema riguardava solo il suo appartamento o l'intero condominio?

Si precipitò giù dal portiere.

"Non ho chiuso l'acqua e nessuno ha segnalato problemi. È sicuro che il rubinetto generale del suo appartamento è aperto?" gli chiese il portiere.

"Certo!" rispose Tanino. Nessun'altro che lui toccava quel rubinetto, e non si ricordava di averlo chiuso.

Ma quando tornò al suo appartamento e controllò, tanto per essere sicuro, lo trovò chiuso! Come poteva essere? Non ricordava di averlo chiuso.

Forse ci si era seduto sopra uno dei

piccioni, che di giorno in giorno diventavano sempre più audaci. Riaprì l'acqua e provò il rubinetto della cucina. L'acqua sgorgava magnificamente.

Oh, no! L'acqua fuoriusciva dal fondo dell'armadietto! Aprì con uno strattone le ante e rimase a bocca aperta. Non si trattava di una perdita qualsiasi. I tubi del lavandino erano sparsi tra i flaconi di detersivo come se ci fosse stata un'esplosione.

Avrebbe dovuto ascoltare Melina e risolvere il problema finché era ancora risolvibile! Ora che i tubi erano scoppiati, non aveva altra scelta che chiamare l'idraulico.

Asciugò l'acqua, chiuse l'armadietto e si avviò di corsa verso l'idraulico in fondo alla strada.

**

Melina tornò a casa rinfrancata. Aveva bussato alla porta della vicina del piano di sopra e aveva fatto uno schizzo delle tubature sotto il suo lavello. Adesso non le restava che rimettere a posto il lavello.

Collegò ogni sezione di tubatura con l'entusiasmo di un bambino che gioca con i Lego. Che divertimento!

Poco dopo, il lavandino era a posto e si svuotava magnificamente. Ce l'aveva fatta! D'ora in poi non avrebbe più pensato che un compito fosse fuori dalla sua portata finché non ci avesse almeno provato.

Pulì l'orecchino che aveva recuperato dal sifone e l'indossò insieme al suo compagno. Adesso era pronta perché Tanino tornasse a casa e si stupisse del suo lavoro.

***

"Non ho mai sentito parlare di scarichi che esplodono. Sono molto curioso," ammise l'idraulico, seguendo Tanino nel palazzo.

Appena entrati nell'appartamento, Melina salutò Tanino dalla cucina. "Ciao, tesoro!"

Tanino rimase perplesso e un po' diffidente. Come mai era così allegra? Non era arrabbiata con lui per aver permesso ai loro problemi idraulici di aggravarsi?

"Abbiamo visite, Melina," le disse, avanzando lentamente per il corridoio, seguito dall'idraulico. Non gli piaceva dover ammettere a Melina di aver dovuto chiamare un professionista.

"Dov'è il lavello rotto?" chiese l'uomo.

"Non c'è nessun lavello rotto. L'ho riparato io," Melina disse, sorridendo compiaciuta.

Il sorriso dell'idraulico non nascose la sua incredulità.

"Va bene. Dov'è il lavello che era rotto?"

Tanino aprì l'armadietto. Ogni tubo era al suo posto.

"Hai provato ad aprire il rubinetto?" le chiese Tanino, immaginando un'esplosione come quella che aveva trovato lui.

"Naturalmente".

Melina aprì il rubinetto e l'acqua defluì magnificamente nel lavello e nei tubi. Incredibile!

L'idraulico controllò ogni guarnizione. "È tutto a posto, signor Tanino. Qualsiasi cosa fosse, la sua brava signora l'ha sistemata."

Melina era raggiante come se le avessero

appena dato una medaglia.

Non appena l'idraulico se ne fu andato, Tanino le chiese: "Non hai mai riparato un lavello. Come hai fatto?"

Melina sorrise. "Ho imparato. C'è qualcos'altro per cui hai bisogno del mio aiuto?"

11. La gonna stretta

Tanino sapeva che stava per fare un commento pericoloso, ma lo fece lo stesso.

"Non è un po' stretta quella gonna, Melina? Sembra che tu stia per scoppiare."

I fornelli diedero una fiammata arancione quando il sale che Melina stava cospargendo sulla griglia cadde sulle fiamme.

"Vuoi dire che sono grassa?"

"No. Solo che la gonna è troppo stretta," ragionò lui, pentendosi immediatamente del suo commento.

Melina conficcò il coltello nel cuore del cavolfiore.

Tanino avrebbe voluto rimangiarsi le parole. "Volevo solo dire che dovresti comprarti una gonna nuova."

"Quindi vuoi dire che mi vesto in modo trasandato?"

Melina versò il sale nella pentola, che schiumò furiosamente.

Tanino scappò dalla cucina e si rifugiò in salotto davanti alla TV.

**

Tanino non pensò più a quel commento incauto finché, il giorno dopo, all'ora di pranzo, si accorse che Melina aveva cucinato solo abbastanza pasta per uno.

La mise in un piatto e lo posò davanti a lui. Lei, invece, aveva un'insalata.

Temendo di dire la cosa sbagliata, Tanino mangiò in silenzio, avvertendo lo sguardo di Melina sul suo piatto di pasta e ascoltando le foglie dell'insalata scricchiolare tra i denti della moglie.

Alla fine, non ce la fece più. "Questo piatto è troppo per me," mentì. "Ne vuoi un po'?"

Il viso di Melina s'illuminò. "Sarebbe un peccato buttarlo nella spazzatura," disse, spazzando il contenuto del piatto di Tanino sul suo.

Ma alle cinque del pomeriggio, Tanino era affamato, così scese di nascosto al bar, comprò un'arancina e se la mangiò lì, in pace.

***

Quando Tanino tornò a casa quella sera, nessun profumino delizioso riempì le sue narici. E così si preparò al peggio.

Due piatti di insalata lo guardavano beffardi dalla tavola. Le foglie di lattuga non avevano nemmeno la lucentezza dell'olio.

Un'occhiata alla cucina confermò che le due insalate non erano un contorno. Non c'era nemmeno il cestino del pane come accompagnamento, né l'oliera. Tanino gemette. "Melina, non possiamo mangiare solo insalata per cena."

"Gli esperti di salute dicono che si deve mangiare leggero a cena," rispose lei in tono altezzoso.

Tanino sapeva che questa situazione non aveva nulla a che fare con gli esperti di salute e tutto a che fare con il suo commento sulla gonna. Melina doveva aver deciso di mettersi a dieta e che, facendogliela seguire anche a lui, le sarebbe stato più facile rispettarla.

"Il modo migliore per perdere peso è l'esercizio fisico. Fare la fame non serve."

"Nessuno sta facendo la fame," replicò lei. "Guarda che abbondanza d'insalata!" rispose lei, però si alzò da tavola e tirò fuori dalla credenza una scatoletta di tonno.

***

Quella scatoletta di tonno non era stata sufficiente. A mezzanotte, Tanino si svegliò con lo stomaco che gli brontolava.

Lasciando Melina a letto addormentata, lui sgattaiolò in cucina e aprì il frigorifero. Con sua grande delusione, trovò solo lattuga e broccoli crudi.

Aprì il freezer. Ahimè, la vaschetta di gelato era sparita. Al suo posto c'erano montagne di piselli surgelati, fave e minestroni.

Non poteva usare il microonde, o mettere una pentola sui fornelli, altrimenti avrebbe svegliato Melina. Così prese una confezione di piselli surgelati e se li infilò in bocca uno alla volta.

**

A letto sveglia con la pancia vuota, Melina rifletteva sulle parole di Tanino: "Il modo migliore per perdere peso è l'esercizio fisico."

Era ancora sveglia quando Tanino si alzò dal letto e si diresse verso la cucina. Povero Tanino, anche lui aveva fame!

La mattina dopo, appena Tanino uscì di casa, Melina cercò la sua antica tuta da ginnastica e la indossò.

Il modo in cui la pancia stirava i pantaloni elasticizzati confermò il suo proposito di andare in palestra. In via eccezionale, uscì di casa prima di avere finito le faccende domestiche.

La prima tappa fu il negozio di scarpe, dove chiese un paio di scarpe da ginnastica.

"A cosa le servono?" chiese la commessa.

"A perdere peso."

La ragazza sembrò confusa. "Farà aerobica? Zumba?"

"Quello che suggerisci tu."

La ragazza tornò con tre paia di scarpe da ginnastica. La scelta era tra nero, grigio e rosa confetto.

"Prendo quelle rosa," disse Melina, prendendosi la scatola.

L'ingresso della palestra era un lungo corridoio che scendeva verso il seminterrato di un condominio. Poster di uomini e donne muscolosi osservavano Melina dalle pareti, mettendola a disagio.

"Posso aiutarla?" chiese la receptionist.

"Le mie amiche mi hanno detto che fate corsi per donne."

"Proprio così," rispose la ragazza. "Abbiamo ancora qualche posto per la lezione del giovedì."

"Ma io ne ho bisogno oggi!" Melina protestò.

"Mi dispiace, ma oggi non ci sono lezioni. E poi, prima di tutto, deve avere la sua consultazione."

"Perché?"

"La nostra istruttrice, Giulia, ha bisogno di sapere quali sono i suoi obiettivi per poi elaborare un piano di fitness personalizzato. Eccola qui! Giulia, ho una nuova cliente per te."

Una donna dai capelli lucenti tirati su in una coda di cavallo si avvicinò a loro.

"Questa signora è desiderosa di iniziare il prima possibile," le disse la receptionist.

"Ottimo," rispose Giulia, "mi segua."

Entrarono in una stanza piena di attrezzi che gemevano e cigolavano sotto i piedi delle persone che correvano come criceti sulle loro ruote. Complicati sistemi di carrucole e contrappesi erano azionati da persone madide di sudore. Quando i pesi d'acciaio tornavano giù, tintinnavano come catene e catenacci, facendo trasalire Melina.

Giulia batté su un tablet le risposte di Melina alle sue domande, poi la condusse in una stanza con bilance, calibri e metri.

Dopo essere stata pesata e misurata, Melina fu condotta in una stanza rivestita di specchi. Scoprì che i manubri rosa non erano così leggeri e soffici come sembravano, e che possedeva muscoli che non sapeva come far funzionare.

Movimenti che non aveva mai immaginato che il corpo umano potesse fare, le riuscivano magicamente. Era esilarante!

Finché Giulia non la condusse in una stanza piena di elastici e palle di gomma. Lì iniziò il lavoro duro.

***

Tanino si era premunito contro l'eventualità di un altro pranzo a zero calorie, e prima di tornare a casa si era riempito la pancia con un calzone fritto al bar.

"Sono tornato!" dichiarò, varcando la porta.

Nessuna risposta.

Sbirciò in cucina. Non c'era nulla che bolliva sui fornelli, non c'era insalata sul tavolo e non c'era traccia di Melina.

Perbacco, si era già amaramente pentito del suo commento sulla gonna! Per quanto tempo ancora doveva essere punito?

Un gemito lo raggiunse dal salotto. Trovò

Melina stravaccata sul divano con gli occhi chiusi.

"Cosa è successo?" Tanino esclamò, preoccupato.

Melina aprì un occhio e lo richiuse. "Non riesco a muovermi. Non riesco a piegare le gambe. E i piedi mi fanno male da morire."

Un paio di scarpe da ginnastica rosa giacevano sul pavimento come se fossero state tolte frettolosamente.

Solo allora Tanino notò che Melina indossava una tuta da ginnastica. "Cos'hai fatto?"

"Mi sono iscritta in palestra."

Meno male, nulla di grave! "Devi essere stata in grado di piegare le gambe per tornare a casa," osservò.

Melina gli lanciò un'occhiataccia prima di chiudere di nuovo gli occhi. "I crampi mi sono venuti dopo che sono tornata a casa."

"Dovresti distenderti a letto."

"Non posso alzarmi. Forse dovrò dormire qui stanotte."

Tanino si preoccupò del suo pranzo. Aveva imparato a cucinare una volta, quando Melina aveva finto di essere malata, ma ormai era fuori allenamento.

"E poi," Melina continuò, "c'è il bucato da stendere e non ho avuto modo di spazzare il pavimento prima di uscire, o di riordinare la camera da letto."

"Non preoccuparti, lo farò. Ma per quanto riguarda il pranzo?"

Melina roteò in aria la mano drammaticamente, con gli occhi sempre chiusi. "Il cibo è l'ultimo dei miei pensieri."

Ma non era l'ultimo dei pensieri di Tanino. "Ok, vado a prendere la pizza dal fornaio. Vuoi qualcosa?"

"No, grazie." Melina sospirò e incrociò le braccia sul petto.

Era stato lui a dirle di fare più esercizio fisico. Era tutta colpa sua se Melina ora si trovava in quello stato.

Tanino uscì sentendosi molto in colpa, e così, quando arrivò dal panettiere, invece della pizza comprò un piccolo panino di un tipo che non gli piaceva.

***

"Melina, stai bene? Ci sei mancata stasera in chiesa," le disse Anna al telefono.

Melina avrebbe dovuto aiutare con le composizioni floreali.

"Mi dispiace. Stamattina sono andata in palestra e adesso mi sento come un blocco di legno. Come Pinocchio prima che Geppetto gli facesse le giunture."

"Come ti è venuta l'idea di andare in palestra?" Anna era incredula.

"Tanino ha commentato su una gonna che adesso mi viene stretta."

"Odio quando gli uomini fanno così! Come osano dirci che aspetto dovremmo avere?"

"Beh, dato che siamo incatenati l'uno all'altra nella cattiva e nella buona sorte, forse è giusto rendere il compito un po' più facile e più confortevole. Altrimenti potrebbero cercare conforto altrove."

"Non a settantatré anni!"

"Charlie Chaplin aveva settantatré anni quando è diventato padre per l'ultima volta."

Scese un silenzio pesante. Il marito di Anna aveva settantadue anni.

"Dov'è questa palestra?" Anna chiese timidamente.

***

Il giorno dopo, Melina andò in palestra con Anna. Era giovedì e quindi c'era il corso per signore. Era un tipo di ginnastica con la musica e, anche se non sempre riusciva a seguire i passi, Melina si divertì.

Quando tornò a casa, Tanino la stava aspettando con ansia. "Com'è andata la palestra?"

Melina stava per dire a Tanino la verità, ma si ricordò che non lo aveva ancora perdonato per il commento sulla gonna. "Terribile," disse.

Tanino fece una smorfia di disappunto. "Oh, Melina, non posso sopportare di vederti soffrire! Non avrei mai dovuto fare quello stupido commento! Tu sei perfetta! Ti prego, torna da me, tesoro mio!" disse, abbracciandola.

"Beh, se proprio insisti," rispose lei timidamente.

La indirizzò verso la cucina, dove la tavola era imbandita con ogni bendidio proveniente dal panificio, dal bar e dal fruttivendolo.

Melina si sentì riscaldare il cuore come la crema gialla dentro un cornetto.

"Non sarà un po' troppo tutto questo bendidio per due persone?"

"Mangia quello che vuoi e lascia il resto." Tanino la strinse.

Il campanello suonò e loro sobbalzarono. Era Rosanna, la loro figlia.

"Domani ho un colloquio di lavoro e mi chiedevo se la mamma ha finito l'orlo della mia gonna."

"Quale gonna?" chiese Tanino, che era andato ad aprire.

"La gonna che le ho dato tempo fa perché facesse l'orlo con la sua macchina da cucire."

Melina si diede una pacca sulla fronte.

"L'avevo dimenticato! Ho trovato la gonna nell'armadio e, senza pensarci, l'ho indossata!"

Melina e Tanino si guardarono e scoppiarono a ridere.

"Cosa c'è?" chiese Rosanna, confusa.

Quando smisero di ridere, le raccontarono tutto quello che era successo e la invitarono a pranzare, visto che c'era da mangiare per tre.

12. Un'umile richiesta

Melina si era svegliata di pessimo umore. Era una di quelle giornate umide e pesanti, e aveva il torcicollo. "Mi fa male il collo," disse al marito mentre erano seduti in cucina a fare colazione.

"Ti ci vuole un massaggio," sentenziò Tanino, alzandosi dalla sedia e lasciando il suo caffè.

Appena le posò le mani calde sulle spalle, Melina si sentì subito meglio. Ma invece di massaggiarla dolcemente, come Melina aveva sperato, iniziò a impastarle le spalle come se fossero pane in pasta. Premette i pollici nei nodi dei suoi muscoli doloranti come se stesse infilando la menta nel tonno.

"Ahi! Basta, per favore," protestò lei.

"È normale che ti faccia dolore, ma ti fa

bene," rispose lui, senza fermarsi.

Quando Tanino finalmente finì, Melina aveva le lacrime agli occhi ed era convinta che le si fosse allungato il collo. Doveva ammettere che si sentiva molto meglio. Purtroppo, però, il suo umore non era migliorato.

"Grazie," disse flebilmente.

"Non devi portare pesi con il collo dolorante. Oggi faccio io la spesa," si offrì lui.

La spesa era il momento in cui Melina incontrava amiche per la strada, chiacchierava con i negozianti e prendeva la sua ispirazione culinaria dagli ingredienti disponibili.

"Non ce n'è bisogno. Sto benissimo."

"Tirare il carrello ti farà peggiorare il collo. Perché mettere a repentaglio la salute se hai me?" disse Tanino, e tirò fuori dallo sgabuzzino il carrello della spesa.

Melina capì che non aveva intenzione di arrendersi, e lo guardò dalla finestra tirare il carrello per la strada, finché non girò dietro l'angolo.

Adesso Melina si sentiva un po' sola. Tanino era stato molto gentile a farle un massaggio e a offrirsi di fare la spesa. Stava certamente facendo tutte le cose giuste, quindi perché lei era così infelice?

***

Procreare, provvedere e proteggere: questi erano i doveri che Tanino si era assunto, più di cinquant'anni fa, quando lui e Melina si erano sposati. Gli ultimi due erano ancora validi, e lui avrebbe continuato a fare del suo meglio per adempierli.

Riempì il carrello con abbastanza frutta e verdura per due giorni, nel caso in cui l'indomani Melina non fosse stata ancora in grado di fare la spesa, e chiese al fornaio di consegnare il pane a domicilio per il resto della settimana.

Poi comprò abbastanza pesce e pollo da riempire il freezer, in modo che Melina non dovesse andare dal pescivendolo o dal macellaio per settimane a venire. Quando il carrello fu pieno, tornò a casa. Melina sarebbe stata felicissima.

Ma non lo era. Al suo rientro, Tanino

trovò Melina più abbattuta di quando l'aveva lasciata. Neanche il più pallido sorriso le si formò sulle labbra quando le mostrò l'orata, il nasello, i gamberi e le cozze. Quando lui poi tirò fuori dal carrello i petti di pollo, Melina sembrò decisamente allarmata.

"C'è abbastanza da mangiare per mesi!" esclamò.

"Sì, così non dovrai andare dal pescivendolo o dal macellaio per un po'," le disse con un gran sorriso, che lei non lo ricambiò.

"Non ci sarà abbastanza spazio nel congelatore," si lamentò.

"Faremo spazio," disse lui.

Entrambi si voltarono per andare verso il congelatore e sbatterono l'uno contro l'altra.

"Ahi!" Melina esclamò.

"Scusami, cara. Ti ho fatto male?"

Melina strinse le labbra come se stesse succhiando un limone. "Ho sbattuto l'alluce contro la gamba della sedia." Indicò la sedia rotta, quella che lui avrebbe dovuto riparare da secoli ma non aveva ancora fatto, quella con la gamba sghimbescia, pronta a far inciampare qualcuno.

"La riparo subito."

Ma prima accompagnò Melina zoppicante fino a un'altra sedia, prese del ghiaccio e glielo mise sull'alluce.

"Mi verranno i geloni," protestò lei.

"Se non ci metti il ghiaccio, l'alluce ti si gonfia."

Melina accettò l'impacco di ghiaccio con l'entusiasmo di un bambino che prende una medicina.

Tanino la lasciò seduta con il ghiaccio e andò a prendere la sua cassetta degli attrezzi dallo sgabuzzino.

Aveva quasi finito di riparare la sedia quando Melina lo chiamò dall'altra stanza.

"Il ghiaccio si è sciolto!"

"Non ne hai più bisogno," rispose lui dalla cucina.

"Ma si sta bagnando il pavimento."

"Allora non alzarti finché non avrò passato lo straccio."

Non fosse mai che Melina scivolasse e si facesse male a qualche altra parte del corpo!

Quando Tanino ebbe finito di riparare la sedia e di asciugare il pavimento, era già ora di pranzo e aveva molta fame. Grazie al cielo aveva comprato una pizza già pronta dal fornaio, così Melina non avrebbe dovuto cucinare. La mise in forno e, quando fu ben calda, chiamò Melina a tavola.

Melina mangiò solo un boccone.

"Pensavo che ti piacesse la pizza del nostro fornaio," le disse Tanino.

"Non ho molta fame."

"Ti fa male ancora il collo?"

Lei annuì, spingendo la fetta di pizza nel piatto.

"Dovresti metterci un impacco caldo."

"Non lo voglio".

"Hai i reumatismi perché il nostro appartamento è troppo umido. Hai bisogno di calore."

Tanino abbandonò la pizza e andò al pannello di controllo del riscaldamento per cambiare il timer. Quando tornò a tavola, la pizza era ormai tiepida e gommosa. Tanino cominciò a sentirsi scoraggiato. Melina doveva avergli trasmesso il suo malumore. Per quanto si sforzasse, non riusciva a migliorare le cose per lei e farla contenta. E ogni volta che ci provava e falliva, si sentiva inadeguato, impotente e un po' colpevole.

Se non poteva bandire dalla Sicilia le giornate fredde e umide, forse avrebbe dovuto cercare un lavoro ai tropici e trasferirvi la famiglia quando era giovane. Oppure avrebbe potuto trovarsi un lavoro meglio retribuito, comprare una seconda casa alle Isole Canarie e trasferirsi lì con Melina quando era entrato in pensione. Sospirò e accese la TV.

Era il telegiornale dell'una. Sullo schermo scorrevano le immagini di un'alluvione. Melina si girò verso di lui. Gli avrebbe chiesto di mettere fine a quell'alluvione? Tanino pensò in un momento di panico.

"Potresti passarmi il pane?" gli chiese invece lei.

***

Melina capiva che Tanino stava facendo del suo meglio per aiutarla, quindi perché si sentiva ancora così infelice? Il collo non le faceva più tanto male e il dolore all'alluce le era passato subito. Nonostante ciò, si sentiva più infelice adesso di quando si era alzata quella mattina.

Dopo il pranzo, Tanino aveva fatto i piatti e adesso era seduto davanti alla televisione sulla sua poltrona preferita, con il cane in grembo. Melina avrebbe voluto che ci fosse spazio anche per lei su quella poltrona, ma non c'era, così si sedette sul divano.

"Perché non ti siedi qui con me?" chiese a Tanino dal divano.

"Sto bene qui," rispose lui, accarezzando Bello.

Sentendosi un po' esclusa, Melina allungò la mano verso la poltrona, sperando che Tanino gliela stringesse. Ma lui non se accorse. "Tanino?"

Lui tirò un forte sospiro e si voltò verso di lei. "Adesso cosa c'è?"

Melina si sentì il cuore avvizzire come una foglia in inverno. "Stavo solo per chiederti—"

"Quale altro problema vuoi che ti risolva?" la interruppe lui in tono esasperato.

"Non voglio che tu risolva nulla," rispose lei con un nodo alla gola.

"È tutta la mattina che cerco di risolvere tutti i tuoi problemi, ma questo è il massimo che posso fare!" Tanino rispose.

Gli aveva chiesto di risolvere i suoi problemi? Melina ci pensò su, ma non ricordava di averlo fatto. "Non ti ho chiesto nulla del genere," disse lei, sorpresa.

"E il torcicollo? Non volevi che te lo curassi?"

"No. Se avessi voluto curato il torcicollo, sarei andata dal fisioterapista. Te l'ho detto solo perché..." Perché l'aveva fatto? "... Credo che cercassi comprensione, una parola gentile, forse" — esitò — "un abbraccio."

"Quando ti sei fatta male all'alluce, non

mi stavi accusando di non avere riparato la sedia?" chiese lui.

"Nient'affatto, e l'alluce non mi faceva molto male. Di certo non abbastanza da necessitare del ghiaccio."

"In tutto questo, tu volevi solo un abbraccio?" chiese Tanino.

"Sì, e un po' di commiserazione."

"E io ho fallito miseramente," constatò lui.

"Ma non è mai troppo tardi," disse Melina.

"Capisco." Tanino sorrise e si alzò dalla poltrona. Si sedette sul divano, le mise un braccio attorno alle spalle e l'avvicinò a sé.

Immediatamente, i muscoli del collo di Melina si rilassarono e lei appoggiò la testa sulla spalla di Tanino.

"Come vado adesso?" chiese lui.

"Molto meglio," Melina rispose con un sorriso.

Fine

Stefania è nata in Sicilia ma si è trasferita in Inghilterra quando ha sposato un inglese. Insieme a suo marito e ai loro tre figli, Stefania ha vissuto in Asia per molti anni, ma adesso è tornata in Inghilterra, dove scrive racconti e romanzi per adulti in inglese e libri per bambini in italiano.

www.ingramcontent.com/pod-product-compliance
Lightning Source LLC
Chambersburg PA
CBHW061246170626
46809CB00007B/2869